PAS PLUS

DE

SIX PLATS,

TABLEAU DE FAMILLE

EN CINQ ACTES,

PAR

M. G. GROSSMANN DE BONNE.

TRADUIT PAR J. H. E.

A PARIS,

Chez L. CELLOT, Imprimeur - Libraire,
rue Dauphine.

M. DCC. LXXXI.

Avec approbation.

PERSONNAGES.

M. DE RENALD, Conseiller d'Etat.

Mme DE RENALD, sa femme en secondes noces.

Mlle WILHELMINE, sa fille } du premier lit.
GUSTAVE, son fils }

Le Colonel D'ALTORFF, oncle de Mme de Renald.

Mme DE SMERLON, tante de Mme de Renald.

Le Lieutenant D'ALTORFF, son cousin. (au service d'Hollande.)

Le Conseiller intime DE SCHENCK.

Le Conseiller Consistorial CLAS.

Le Major DE WORMS.

Le Chambellan DE WILDORFF.

FRÉDERIC, laquais du Conseiller d'Etat.

PHILIPPE, domestique du Lieutenant.

LOUISE, femme de chambre de Mme de Renald.

Un Maître Sellier.

Un Employé.

Deux bas Officiers.

Un Sergent de ville.

La scène est dans un appartement de l'hôtel du Conseiller d'Etat.

PAS PLUS

DE

SIX PLATS,

COMEDIE

EN CINQ ACTES.

ACTE PREMIER.

SCÈNE PREMIÈRE.

M. DE RENALD *en robe de chambre, écrivant sur son bureau ;* FRÉDERIC *à quelques pas de lui, tenant un billet à la main.*

FRÉDERIC *à part.*

ME voilà déjà ici depuis une grosse demi-heure.

M. DE RENALD.

Cela sera ainsi, Madame, & non autrement : dussiez-vous devenir encore plus extravagante que vous l'êtes.

FRÉDERIC *s'approchant.*

Monſieur le conſeiller d'Etat.

M. DE RENALD.

Ne ſoyez pas fâchée, ma très-chère & honorée tante, que dans cette occaſion je prenne la liberté de vous dire quelque dure vérité.

FRÉDERIC *s'approchant encore.*

Monſieur le conſeiller.

M. DE RENALD.

La vérité eſt une bonne choſe ; mais nous ne l'aimons pas toujours : ſur tout lorſqu'elle attaque nos foibleſſes favorites. Mais je veux entreprendre votre guériſon, ma chère tante, & j'y parviendrai.

FRÉDERIC *très-près.*

Dois-je, Monſieur, faire revenir le laquais ?

M. DE RENALD *ſe levant.*

Drôle !

FRÉDERIC.

Qu'ordonnez-vous, Monſieur ?

M. DE RENALD.

Tu oſes m'eſpionner ?

FRÉDERIC.

Dieu m'en préſerve !

M. DE RENALD.

Le ciel préſerve ta peau, ſi jamais je atttape.

FRÉDERIC.

Jamais je n'ai ſongé à vous eſpionner.

M. DE RENALD.

Et que faisois-tu derrière ma chaise ?

FRÉDÉRIC.

Il falloit bien m'approcher, puisque vous ne m'entendiez pas, ou ne vouliez pas m'entendre.

M. DE RENALD.

Tais-toi, & ne raisonne pas.

FRÉDÉRIC.

Bon.

M. DE RENALD.

Qu'est-ce à dire bon ? Qu'est-ce qui est bon ?

FRÉDÉRIC.

Vous m'avez fermé la bouche : j'obéis, je ne dis mot.

M. DE RENALD.

Faquin ! Ai-je dit cela ? Apprends, chétif raisonneur, à ne pas me contrarier quand j'ai raison. (*il va & vient. Frédéric reste immobile.*) Eh bien ! es-tu sourd ?

FRÉDÉRIC.

Non, Monsieur.

M. DE RENALD.

Pourquoi ne parles-tu point ?

FRÉDÉRIC.

J'attends que vous me l'ordonniez.

M. DE RENALD.

Parle.

A 3

FRÉDERIC.

Monfieur le colonel d'Altorff vous donne le bon
jour.

M. DE RENALD.

Et moi je lui dis qu'il me laiffe tranquille. (*il va
au bureau cacheter un billet.*) Je voudrois que toute
cette parentèle fût au diable.

FRÉDERIC.

Dois-je le rendre ainfi mot pour mot?

M. DE RENALD.

Coquin!

FRÉDERIC.

Monfieur.

M. DE RENALD.

Qu'eft-il encore arrivé?

FRÉDERIC.

Ne m'appeliez-vous pas?

M. DE RENALD.

Non, non, non. (*il lui donne le billet.*) Tiens,
porte cela à ma très-gracieufe tante.

FRÉDERIC *veut fortir.*

Bon.

M. DE RENALD.

Où cours-tu? Veux-tu encore faire ta commiffion
à demi?

FRÉDERIC.

Je penfois que le billet diroit le refte.

M. DE RENALD.

Je penſois, je penſois. — Ce ſont toujours vos excuſes à vous autres, quand vous faites des ſottiſes. Où eſt mon billet ?

FRÉDERIC *change le billet, & lui donne celui du colonel.*

M. DE RENALD.

Que diantre ! — Quelle bévue ai-je fait-là ? Une adreſſe à moi-même ; — cela eſt-il étonnant : tourmenté, excédé comme je le ſuis ?... A préſent il faut copier tout ce fatras : —attends-là dehors que te ſonne.

FRÉDERIC *en ſortant.*

Cela ne ſera pas long. — Que le ciel m'aſſiſte !

SCÈNE II.

M. DE RENALD *ſeul.*

JE rougis devant ce drôle. Monſieur le conſeiller, vous avez fait là une belle faute ; comme le prince riroit, ſi quelque jour je mettois ſon adreſſe ſur un billet pour ma tante. (*il ouvre le billet & lit.*) Qu'eſt-ce que c'eſt que cela ? — Ai-je rêvé, ou rêvé-je actuellement ? — Mais ceci n'eſt pas de mon écriture. (*il ſonne fort.*) Fréderic ! Fréderic ! — Cela eſt trop fort. —Fréderic ! (*il ſonne encore plus fort & marche à grands pas.*)

FRÉDERIC *paſſe la tête par la porte.*

Je ſavois bien que cela ne ſeroit pas long.

A 4

M. DE RENALD *toujours plus vivement.*

Fréderic ! — Il y a quelque chose là-dessous.

FRÉDERIC *comme ci-devant.*

Remettez-vous un peu, Monsieur.

M. DE RENALD.

C'est encore un tour d'espiéglerie, ou un tour de scélératesse... (*il crie très-haut.*) Fréderic !

SCÈNE III.

M. DE RENALD, FRÉDERIC *entrant vite.*

M. DE RENALD,

ANIMAL, où es-tu ?

FRÉDERIC,

Dans votre livrée, Monsieur.

M. DE RENALD.

Quel est ce billet ?

FRÉDERIC.

Je ne l'ai pas lu.

M. DE RENALD.

Point de raisonnemens...... Sans quoi, — D'où vient ce billet ? Parle.

FRÉDERIC *très-tranquillement.*

Monsieur le colonel d'Altorff vous souhaite bien le bon jour.

M. DE RENALD.

Au diantre avec ton colonel!

FRÉDERIC.

Nous y voilà.... Tant que vous traverserez ma période par une exclamation, jamais vous ne saurez d'où vient le billet.

M. DE RENALD.

Coquin, ne me fais pas perdre patience.

FRÉDERIC *à part.*

Elle est toute perdue, ce me semble.

M. DE RENALD.

Quoi?

FRÉDERIC.

Me permettez-vous de parler, Monsieur?

M. DE RENALD, *lui applique un soufflet.*

Attends, je t'ouvrirai la bouche.

FRÉDERIC.

Mille grâces. Encore une dent de moins.

M. DE RENALD *ému.*

Quoi! Je t'ai fait sauter une dent?

FRÉDERIC.

Vous frappez si souvent à la même place, que quand mes dents seroient des chênes, vous les déracineriez. Pour rester dans un pareil service, il faudroit être de fer: grand merci, monsieur le conseiller d'Etat.

M. DE RENALD.

Eh bien?

FRÉDERIC.

Un domeſtique n'eſt pas un chien, & pour la moindre faute, on ne doit pas le corriger ſi rudement.

M. DE RENALD.

Hé bien, hé bien ?

FRÉDERIC.

Oui, hé bien! hé bien ne répare rien! Vous voudrez bien, Monſieur, me donner mon congé.

M. DE RENALD *doucement*.

Fréderic !

FRÉDERIC

On ne finit pas de courir du matin au ſoir ; & pour la moindre miſère on eſt querellé, ſouffleté... Cela peut être bon dans Alger avec des eſclaves : mais grand merci. . . .

M. DE RENALD *menaçant*.

Fréderic !

FRÉDERIC.

Excuſez ma franchiſe, Monſieur, mais c'eſt la vérité. Depuis quelques mois votre caractère a tellement changé, que vous n'êtes plus reconnoiſſable ; vous prenez de l'humeur ſur la moindre choſe ; ame vivante ne ſauroit vous contenter, ni madame, ni vos enfans, ni vos domeſtiques. — Elle augmente ſur tout cette humeur contre nous autres. — Un homme n'eſt - il donc pas déjà aſſez malheureux d'être condamné à ſervir les autres : doit - il encore être maltraité ? Bref, Monſieur, mon congé, s'il vous plaît.

M. DE RENALD.

Eh bien, va-t'en à tous les diables.

FRÉDERIC.

Oh ! avec plaisir. (*il sort.*)

M. DE RENALD.

Maudit garnement, détestable entêté. —— J'ai de l'humeur !.... Je suis méconnoissable !.... Cela n'est pas vrai : —— je gronde, je querelle, j'injurie ! —— tu en as menti : j'ai la patience d'un ange. —— Personne ne peut me contenter : ni ma femme, ni mes enfans, ni mes domestiques. —— Cela est faux, de toute fausseté : j'ai la vertu de Job : —— Mais, (*regardant le billet.*) hé ! Fréderic ! (*il sonne.*) Fréderic !

FRÉDERIC *revient ayant quitté la livrée.*

M. DE RENALD.

Qu'est-ce que cela veut dire ? que fais-tu ?

FRÉDERIC.

Je fais mes paquets.

M. DE RENALD.

Tu ne m'as pas encore dit ce que c'est que ce billet.

FRÉDERIC.

Il est du colonel d'Altorff. (*il veut sortir.*)

M. DE RENALD.

Attends : comment est-il venu dans mes mains ?

FRÉDERIC.

Des miennes. (*il veut sortir.*)

M. DE RENALD.

Reſte. Où eſt le billet pour ma tante ?

FRÉDÉRIC.

Il eſt envoyé. (*il veut ſortir.*)

M. DE RENALD.

Attends , de par tous les diables , as-tu du vif-argent dans les jambes ?

FRÉDÉRIC.

Non , mais une dent de moins dans la bouche.

M. DE RENALD *poſant la main ſur l'épaule de Fréderic.*

Comment, je t'aurois en effet enfoncé une dent ?

FRÉDÉRIC.

Oui, Une a ſauté, & ſes voiſines de droite & de gauche la veulent ſuivre à leur tour.

M. DE RENALD *lui donne de l'argent.*

Tiens , voilà pour les faire remettre.

FRÉDÉRIC.

Je ne veux point de votre argent. Ce que je demande c'eſt mon congé.

M. DE RENALD.

Tais-toi , maudit opiniâtre , avec ton congé. Tu ne l'auras pas , —non , tu ne l'auras pas :—tiens, (*en lui jettant l'argent*) fais remettre tes dents & pas un mot de plus.

FRÉDÉRIC *ramaffe l'argent.*

Seulement deux mots, Monfieur.

M. DE RENALD.

Rien, rien, pas un feul.

FRÉDÉRIC.

Très-cher maître, il faut que je les dife ou j'étouffe.

M. DE RENALD,

Parle donc, mais pas un mot du congé... Ce coquin fait que je l'aime.

FRÉDÉRIC.

Je le fais, Monfieur, mais auffi vous n'ignorez pas que je me ferois tuer pour vous. Ainfi, le meilleur des maîtres, pour votre repos, pour votre bonheur, non pour ma mâchoire édentée, & qui le fera encore fouvent fi Dieu ne m'en préferve, je vous conjure......

M. DE RENALD.

Eh bien ?

FRÉDÉRIC.

Je vous conjure de faire trêve à votre humeur ; vous êtes le plus excellent maître, l'époux le plus tendre, le meilleur de tous les pères, Dieu le fait ; mais depuis quelque temps vous êtes fi... fi... Enfin, qui ne vous connoîtroit pas vous prendroit pour le tyran de votre femme, de vos enfans & de vos domeftiques.

M. DE RENALD.

Le crois-tu ?

FRÉDERIC.

Non, je ne le crois pas, Monſieur. Je m'apperçois ſeulement que vous avez de l'humeur ; la cauſe m'en eſt inconnue, & je ne cherche point à la pénétrer. Si de vous-même il vous plaît d'accorder votre confiance à un bon & fidelle ſerviteur, à la bonne-heure !

M. DE RENALD.

Maudite famille !

FREDERIC à part.

Oh c'eſt cela ! — N'y a-t-il point de réponſe pour le colonel ?

M. DE RENALD.

Mais cela changera : parbleu cela changera.

FREDERIC.

Ainſi ſoit-il !

M. DE RENALD.

Où ai-je donc fourré ce chiffon ?

FREDERIC.

Là : ... ſur la table.

M. DE RENALD lit.

« *Monſieur le conſeiller*, (ah ! votre ſerviteur,) *votre*
» *conduite devient de jour en jour plus ridicule*, (en
» vérité ?) *vous déshonorez la maiſon à laquelle vous avez*
» *l'honneur d'être allié :* (au diable cette canaille ; je
» ſais ce que cet honneur me coûte.) *par notre puiſ-*
» *ſante protection, tout étoit ſi bien arrangé ! Votre fils*
» *n'avoit qu'à ſe préſenter, il obtenoit le drapeau ; mais*
» *non content d'avoir l'impertinence de ne pas envoyer votre*

,,*fils*, *vous poussez encore la grossiereté si loin que*.....
(il chiffonne le papier & témoigne la plus vive.
colère.)

SCÈNE IV.

Mᵐᵉ DE RENALD , les précédens.

Mᵐᵉ DE RENALD *bas à Frédéric.*

EST-IL de bonne humeur?

FREDERIC.

Oh oui , comme vous voyez , Madame.

M. DE RENALD *déploie le billet & continue de lire.*

« *Pousser l'insolence jusqu'à faire dire à Son Excellence*
,, *que votre fils pourroit rendre de meilleurs services à*
,, *l'Etat, que d'endosser l'habit bleu des recrues.* (Eh ! ne
suis-je pas père ? qui mieux que moi peut savoir à
quoi mon fils est propre ?) *Son Excellence, par égard*
,, *pour nous, a cependant eu la condescendance de prendre*
,, *votre réponse comme une plaisanterie.* (Le démon le lui
a inspiré ; c'est mon plus grand sérieux.) *Nous vous*
,, *proposons un moyen de vous le rendre favorable. Per-*
,, *suadés que vous prendrez notre bonne volonté pour une*
,, *marque de notre affection.* ,, (Votre très-humble
serviteur, mais voyons.) *Son Excellence auroit besoin*
,, *pour le payement d'une nouvelle voiture, de deux cents*
,, *louis d'or, nous vous disons ceci dans le plus intime*
,, *secret.* (Ah ! ah !) *Vous pouvez faire un coup de la plus*
,, *adroite politique. Priez son Excellence de vous donner sa*

» *lettre de change pour deux cents louis, prétextant que*
» *vous feriez bien aife de placer quelques fonds en mains*
» *fûres, & par-là, mon cher, votre fottife fera réparée.*
(M. de Renald rit de bon cœur, déchire le billet,
y met une enveloppe & crie, Fréderic !

FRÉDERIC.

Monfieur ?

M. DE RENALD *en lui donnant la lettre.*

Mes très-humbles refpects à monfieur le colonel
d'Altorff.

Mᵐᵉ DE RENALD *s'approchant.*

A monfieur le colonel ?

M. DE RENALD.

Ah ! votre ferviteur, Madame.

Mᵐᵉ DE RENALD,

Qu'allez-vous faire, mon ami ?

M. DE RENALD *fe frottant les mains & ricanant.*

Je vais réparer une fottife.

Mᵐᵉ DE RENALD,

Mon cher ami, je vous conjure.

M. DE RENALD *au domeftique.*

Allez, partez. (*Fréderic fort.*)

SCÈNE

SCENE V.

M. DE RENALD, Mme DE RENALD.

Mme DE RENALD.

Si vous écrivez au colonel, ménagez-le ; vous le connoiffez.

M. DE RENALD.

Eh qu'eft-ce qui ne le connoît point ? Tailleurs, cordonniers, bijoutiers, marchands de foie, juifs, avocats, & moi : moi auffi, malheureufement pour ma bourfe.

Mme DE RENALD.

Ce font de ces défaftres qui affligent quelquefois les plus anciennes familles ; mais que vous me les reprochiez en face, cela eft bien dur pour moi, (*elle pleure.*) Par quoi donc ai-je mérité de vous, Monfieur, un pareil traitement ?

M. DE RENALD.

Ce n'eft pas à vous, Madame, que le reproche s'adreffe, mais à vos chers parens.

Mme DE RENALD.

Encore ! ah, ne m'accablez pas ; je vous en conjure.

M. DE RENALD.

Ce n'eft pas mon intention, ma très-noble Dame.

Mme DE RENALD.

Qu'en compagnie vous me nommiez madame, paffe ; mais quand nous fommes feuls, c'eft une

B

dérifion ; autrefois vous ne m'appeliez que ma chère Caroline.

M. DE RENALD.

Alors comme alors ; au furplus, Madame, je me foumets à la claufe expreffe de notre contrat, dictée par vos très-illuftres parens : je ne fais en cela qu'obéir à leurs ordres fuprêmes ; permettez donc, Madame, qu'entre nous je continue de vous nommer Madame, afin de n'en pas perdre l'habitude en compagnie.

Mme DE RENALD.

Cruel mari !

M. DE RENALD.

Ha, ha, ha.

Mme DE RENALD.

Vous favez combien je vous aime.

M. DE RENALD.

Ha, ha, ha.

Mme DE RENALD.

Quelles alliances je vous ai facrifiées.

M. DE RENALD.

Ha, ha, ha.

Mme DE RENALD.

Vous voulez me rendre notre union infupportable. — Si du moins vos procédés n'offenfoient que moi : mais que vous ont fait mon oncle le colonel & madame de Smerlon ma tante, pour que vous les outragiez ouvertement ? 's s'occupent fans relâche des moyens d'illuftrer votre maifon : malgré le défaut de naiffance de votre fils , ils lui procurent un drapeau que vous refufez ; ils ont arrangé le mariage de votre fille avec un favori du Prince , & ce mariage feroit déjà conclu fi , par bienféance , vous euffiez fait le premier pas ; mais vous ne voulez pas même confentir à cette honorable alliance.

M. DE RENALD *rit de bon cœur & fort.*

SCÈNE VI.

Madame DE RENALD, enfuite LOUISE.

Mme DE RENALD.

AH c'en eft trop ; il eft impoffible qu'une femme de ma forte fe laiffe traiter ainfi par un roturier. Si ma tante avoit entendu cela , je crois qu'elle feroit tombée d'évanouiffemens en évanouiffemens , jufques dans l'état de fyncope. (*elle approche de la fcène & appelle* Louife !

LOUISE.

Que veut Madame?

Mme DE RENALD.

Tu fais que nous recevons aujourd'hui des perfonnes de qualité ; fais - moi le plaifir de donner un coup d'œil, afin que tout fe faffe comme il faut.

LOUISE.

Monfieur a déjà donné fes ordres.

B 2

Mme DE RENALD.

Combien aurons-nous de fervices?

LOUISE.

Six plats, & le deffert.

Mme DE RENALD.

Six plats! Je crois que cet homme s'imagine traiter des bourgeois. Cours à la cuifine, & dis au chef de s'arranger pour douze plats.

LOUISE.

Il fera trop tard.

Mme DE RENALD.

Comment trop tard! — A quoi donc fert un chef de cuifine, fi, lorfqu'à midi on lui ordonne quelques plats de plus, il n'eft point en état de les faire fervir? il eft payé pour cela, va, je veux douze plats.

LOUISE.

Madame.

Mme DE RENALD.

Eh bien?

LOUISE.

Monfieur a ordonné une fois pour toutes....

Mme DE RENALD.

Quoi, ordonné? Je fuis la maîtreffe; le foin du ménage eft de mon département & non du fien : allez, faites ce que je vous dis.

LOUISE *irréfolue.*

Je n'ofe pas, Madame.

Mme DE RENALD.

Tu n'ofes pas ! Tu n'ofes faire ce que je t'ordonne.

L O U I S E.

Monfieur nous a déclaré que fi quelqu'un de
nous s'avifoit de faire la moindre chofe fans fes
ordres exprès , il n'avoit qu'à faire fon paquet &
chercher une autre condition. —- Ayez la bonté de
confidérer , Madame , qu'une auffi bonne maifon,
d'auffi excellens maîtres , ne fe trouvent pas fi facilement.

S C È N E   V I I.

Les précédens, Mme DE SMERLON.

Mme DE SMERLON *toute hors d'elle-même, fe jette dans un fauteuil.*

Bon jour, ma nièce. Ah ciel ! je n'en puis plus ,
j'étouffe.

Mme DE RENALD.

Et moi j'enrage de bon cœur.

Mme DE SMERLON.

Me recevoir en robe de chambre ! A-t-on jamais
vu groffièreté pareille ?

Mme DE RENALD.

Pour un dîner où il y aura des colonels , des
chambellans , il ordonne tout platement fix plats.

Mme DE SMERLON *saute en l'air.*

Six plats! la tête a-t-elle tourné à cet homme-là, ou veut-il absolument se déshonorer. Hé, Louise?

LOUISE.

Madame.

Mme DE SMERLON.

Descends tout-à-l'heure à la cuisine, dis à ce faquin de cuisinier qu'il s'arrange pour servir dix-huit plats : dis-lui que c'est moi qui l'ai ordonné.

LOUISE.

Fort bien, Madame.

Mme DE SMERLON.

Et qu'il ne s'avise pas de nous donner, comme à l'ordinaire, son triste dîner de la plus mesquine bourgeoisie.

LOUISE.

Fort bien, très-bien, Madame.

Mme DE SMERLON.

Ce que la saison a de primeurs & de plus rare.

LOUISE.

Très-bien, Madame.

Mme DE SMERLON.

Que le dessert sur tout soit frais, brillant, & bien servi.

LOUISE.

Parfaitement bien.

Mme DE SMERLON.

Que les vins fins fur tout ne nous manquent pas.

LOUISE.

Fort bien, Madame.

Mme DE SMERLON.

Que le buffet foit garni de fon éternel vin de l'année quarante-huit.

LOUISE.

Oui, Madame.

Mme DE SMERLON.

Dix-huit plats, en trois fervices, entendez-vous ?

LOUISE.

J'y vais, Madame, (*à part en fortant*) qui fe réduiront jufte à fix plats.

SCÈNE VIII.

Mme DE SMERLON, Mme DE RENALD.

Mme DE SMERLON.

Et que faites-vous là, la tête baiffée ?

Mme DE RENALD.

Oh, bonne tante, mon mari, mon mari, il a bien changé.

Mme DE SMERLON.

Sottife, nous allons tout remettre en ordre.

B 4

Mme DE RENALD.

J'en défefpère ; quand une fois il s'eft fait un
plan, il eft homme à n'en point démordre.

Mme DE SMERLON.

Bafte!... nous le réduirons. Mais à qui la faute,
ma chère petite nièce? à vous toute feule. Il eft
inoui qu'une femme de votre naiffance, de votre
mérite, qui s'eft abaiffée jufqu'à époufer un bourgeois, ne vienne pas à bout de le mener par le nez.

Mme DE RENALD.

Comment vous y prendriez-vous ?

Mme DE SMERLON.

Comment je m'y prendrois, comment je m'y
prendrois ? ah, voici comme je m'y prendrois : je le
vexerois, je le tourmenterois, je l'excéderois fi cruel-
lement, qu'il deviendroit humble & foumis.

Mme DE RENALD.

Mais, ma très-chère tante, puis-je en ufer de la
forte envers un mari qui a tant fait pour moi &
pour toute notre famille ?

Mme DE SMERLON.

Tant fait.... tant fait!... & qu'a-t-il donc tant
fait ? il a payé quelques miférables dettes. C'eft bien
la peine de faire tant de bruit pour des bagatelles.

Mme DE RENALD.

Cinquante mille écus ne font pas des bagatelles.

Mme DE SMERLON.

Bagatelle, pure bagatelle, en comparaifon de

l'honneur d'être allié à l'une des plus anciennes
familles.. . . . Je ne crois pas du moins qu'il vous
reproche ce qu'il a fait pour mon frère & pour moi.

Mme DE RENALD.

Aujourd'hui, pour la première fois, il en a fait une
légère mention. Il m'a raillé fur l'article de notre
contrat de mariage, qui l'oblige à me nommer en
compagnie Vos grâces, ou Madame.

Mme DE SMERLON.

Le fot !

Mme DE RENALD.

Ma tante, c'eft mon mari.

Mme DE SMERLON.

Penfe-t-il que vous n'ayez pas droit à ces diftinctions ? Votre nom de famille eft obfcurci par le
fien, comment fauroit-on que vous êtes née Demoifelle, s'il ne vous nommoit pas Madame ?

Mme DE RENALD.

Ah ! que j'étois heureufe pendant les premiers
mois de notre union : fa volonté étoit la mienne,
mes vœux étoient les fiens.

Mme DE SMERLON.

Oui, parce que vous lui cédiez en tout.

Mme DE RENALD.

Je ne m'en appercevois point. Si quelque chofe
fe faifoit dans la maifon, j'ignorois fi c'étoit moi ou
lui qui l'avoit ordonné. L'amour occupoit tous nos
momens ; mais depuis la malheureufe idée de marier
ma belle-fille avec le chambellan.. . . .

Mᵐᵉ DE SMERLON.

Vous appelez cela une malheureufe idée.

Mᵐᵉ DE RENALD.

Très-malheureufe pour moi.

Mᵐᵉ DE SMERLON.

Ce projet magnifique de marier cette petite fotte avec le favori du prince : vous appelez cela une idée malheureufe.

Mᵐᵉ DE RENALD.

Enfuite cette foule de marchands & d'ouvriers que vous lui envoyez pour les payer.

Mᵐᵉ DE SMERLON.

Bagatelle.

Mᵐᵉ DE RENALD.

Il regarde moins à l'argent, qu'il n'eft révolté du ton lefte avec lequel vous les lui adreffez, comme s'il étoit votre intendant. — Comment cela peut-il s'arranger avec la fierté de vos principes ?

Mᵐᵉ DE SMERLON.

Ils ne font pas bleffés par-là.

Mᵐᵉ DE RENALD.

Il n'en eft pas de même de la patience de mon mari.

Mᵐᵉ DE SMERLON.

Sottife.

Mᵐᵉ DE RENALD.

Quel prétexte pouvez-vous prendre avec ces ouvriers, pour les envoyer ainfi fe faire payer par M. de Renald ?

Mme DE SMERLON.

Le plus simple du monde : on leur dit que nos capitaux sont placés chez votre mari , & que nous disposons des intérêts.

Mme DE RENALD.

Vous direz , ma chère tante , tout ce qu'il vous plaira , mais c'est fanfaronade d'une part , & insulte odieuse de l'autre. Il m'est impossible de donner un nom plus doux à vos procédés envers mon mari.

Mme DE SMERLON.

Quel ton vous prenez , madame la Conseillère ? Que vous est-il donc arrivé de nouveau ?

Mme DE RENALD.

Pardonnez-moi , ma chère tante ; mais je ne veux pas exposer plus long-temps ma félicité domestique. Je n'ai que trop bien suivi vos funestes conseils , & c'est à mon grand regret. Aujourd'hui encore j'ai essayé de prendre ce ton impérieux que vous me prescrivez ; j'ai joué la capricieuse , la femme absolue : cela m'a très-mal réussi.... Dans certaines circonstances cet homme dont vous parlez si lestement , ce galant homme n'entend pas la plaisanterie. Malgré cela , à quelques saillies d'humeur près , c'est le meilleur des hommes , le meilleur des maris.

Mme DE SMERLON.

Je tombe des nues.

Mme DE RENALD.

Non , ma tante , je ne veux pas plus long-temps être , ou paroître ingrate.

Mme DE SMERLON.

Fort bien, madame la Confeillère, courez à votre perte, à la bonne heure : laiffez-vous captiver, rendez-vous efclave : rampez où vous pourriez commander : encanaillez-vous, oubliez le fang dont vous fortez.

Mme DE RENALD.

Ma tante, ménagez-moi, je vous prie.

SCÈNE IX.

Les précédens, LE COLONEL.

LE COLONEL.

Quel démon m'a perfécuté pour m'intéreffer ainfi à ce poliffon ?

Mme DE SMERLON.

Vous êtes tout hors de vous-même, mon frère, qu'eft-il donc arrivé ?

Mme DE RENALD.

Qu'avez-vous, monfieur le Colonel ?

LE COLONEL.

Laiffez-moi refpirer... De ma vie il ne m'eft arrivé rien de pareil..... Le confeiller d'Etat....

Mme DE SMERLON *à madame de Renald.*

A certainement fait quelque action roturière ?

LE COLONEL.

Et quelle autre ? c'eft bien fait : auffi pourquoi fe faufiler avec cette canaille bourgeoife ?

Mme DE SMERLON.

Je fuis fur les épines : parlez donc, mon frère.

LE COLONEL.

Si je n'avois pas befoin du perfonnage.

Mme DE RENALD.

N'eft-ce que cela ?

LE COLONEL.

Ecoutez. J'étois à la parade à côté du général, à l'inftant même qu'il follicitoit le drapeau pour le jeune Renald. — Le prince y répugnoit : le général preffoit, & le prince étoit prêt à fe rendre. Arrive tout-à-coup ce coquin de Fréderic, qui me remet un billet. — Moi, dans l'idée d'y trouver des re-mercîmens pour le général, je le décachete bien vîte en fa préfence. — Je ne fais comment je ne fuis pas tombé roide mort.

Mme DE SMERLON.

Eh bien ?

LE COLONEL.

Mon billet déchiré en mille morceaux tombe à mes pieds. — Le prince rit de ma ftupéfaction. — Le général me regarde d'un air furpris. — Je deviens blanc comme un linge & rouge comme un coq. — Le prince m'interroge. — Le général me preffe de répondre.

Mme DE SMERLON.

C'en eft trop. Et comment vous êtes-vous tiré de ce mauvais pas ?

LE COLONEL.

J'ai pris le parti de rire moi-même de la chofe, en la déguifant de mon mieux : mais quand j'y penfe, je devois avoir la mine d'un écolier qui ne fait pas fa leçon.

Mme DE SMERLON *à madame de Renald.*

Reconnoiffez-vous là votre charmant mari ?

Mme DE RENALD.

Mais, ma chère tante. . . .

Mme DE SMERLON.

Paix ; voyons la fin de l'hiftoire.

LE COLONEL.

Pendant que je tâche de me remettre, le général reprend fa demande en faveur du jeune de Renald ; j'ai beau faire figne, & frapper du pied, le général, en véritable ami, infifte & preffe fi vivement que le prince accorde enfin le drapeau.

Mme DE SMERLON.

Et que fîtes-vous alors, mon frère ?

LE COLONEL.

Vous le devinez de refte. — Ce refus, ce chiffon, je le tenois encore dans mes mains ; cependant il falloit remercier Son Alteffe, je le fis : le prince reçut mon compliment avec bonté & fe retira. Mais je n'en étois pas quitte : ne voilà-t-il pas le général qui fe remet à me queftionner ? — Je ne favois, fur mon honneur, que lui répondre. Lui dire tout crûment la chofe, je ne le pouvois : l'équipage étoit acheté. Mais je n'avois pas d'argent à lui

remettre. — Je crois que cette aventure me fera
perdre la tête.

Mme DE SMERLON.

Eh bien, ma chère petite nièce, qu'en dites-vous?

Mme DE RENALD.

Je n'ai rien à dire, pas un mot.

Mme DE SMERLON.

Parce que sur une pareille incartade vous n'avez
rien de bon à dire : mais qu'il vienne, comme je
l'accommoderai.

LE COLONEL.

Il l'a mérité de reste. (*bas à madame de Smerlon.*)
Mais, ma sœur, point d'étourderie ; vous savez
le besoin pressant que nous avons de ces deux
cents louis.

Mme DE SMERLON.

Laissez-moi faire.... (*haut.*) S'il s'obstine, je romps
tout commerce avec lui.

SCÈNE X.

Les précédens, M. DE RENALD *toujours en robe
de chambre.*

Mme DE SMERLON.

Monsieur ne se gêne pas.

M. DE RENALD.

Mille ciels ! prescrire chez moi ce que je dois

manger , & le nombre des services ! Ah.... votre
serviteur , Madame , je suis enchanté du bonheur
de vous rencontrer ici , aussi bien aurai-je l'honneur de vous dire deux mots.

Mme DE SMERLON.

Et moi deux mots aussi , monsieur le Conseiller,
mais je ne m'échaufferai pas.

M. DE RENALD.

Oh , ni moi non plus.

Mme DE SMERLON,

Je m'expliquerai tranquillement, sans faire mention de la robe de chambre.

M. DE RENALD.

Et moi pareillement , sans quitter ma robe de
chambre.

Mme DE SMERLON,

Dites-moi , Monsieur , qui vous a inspiré l'impertinent procédé dont vous venez d'accabler mon
frère , en présence du prince & du général ?

M. DE RENALD,

Qui vous a inspiré , Madame , l'impertinent procédé de m'insulter dans ma propre maison ?

Mme DE SMERLON.

Déchirer un billet écrit de la main du colonel ,
qui traite de vos affaires.

M. DE RENALD.

Mettre en pièces le menu pour mon cuisinier ,
écrit de ma main , & donner des ordres chez moi.

Mme

Mme DE SMERLON.

Je crois que vous voulez me parodier ?

M. DE RENALD.

Cela se pourroit.

Mme DE SMERLON.

Ne poussez pas l'impudence trop loin, ou je vous ferai ressouvenir à qui vous parlez.

M. DE RENALD.

Je le sais, oh! je le sais; je n'ai qu'à jeter les yeux sur mon livre de dépense : ici je verrai ce qu'on a payé pour sa Grâce, madame de Smerlon; là ce qu'on a acquitté pour son Excellence M. le colonel d'Altorff.

(*Madame de Smerlon se fâche; le Colonel joue avec le cordon de sa canne; madame de Renald a l'air de prier son mari, qui les regarde l'un après l'autre.*) Vous plaît-il de continuer ?

LE COLONEL.

Oui, Monsieur, c'est moi qui parlerai.

Mme DE SMERLON.

Pour Dieu, taisez-vous.

LE COLONEL.

Eh bien, (*bas*) pour Dieu ne gâtez pas tout.

Mme DE SMERLON.

Vous savez, Monsieur, quelles prétentions considérables ma famille peut produire.

M. DE RENALD.

Comment ne le saurois-je pas ? Vous en parlez

C

fi fouvent : je vous en ferai l'énumération fi vous voulez. 1°. les dépenfes que vos ancêtres , de glorieufe mémoire , ont faites pour le fervice de l'Etat , du temps des croifades ; 2°. un vieux château gothique que les payfans démolirent l'an de grâce 1480 ou 90 , & dont les ruines forment encore un effet affez pittorefque ; --- je ne penfe pas que vos Excellences veuillent m'affigner de pareils objets en rembourfement.

LE COLONEL , *bas à fa fœur.*

Vous vous expofez au ridicule, ma fœur, & vous gâtez toutes nos affaires : je veux être déshonoré, s'il nous prête à préfent un écu.

Mme DE SMERLON.

Je vous prie de vous taire, mon très-cher frère.

LE COLONEL.

Eh bien , eh bien !

Mme DE SMERLON.

Vous ne voulez donc pas entendre raifon ?

M. DE RENALD.

Très-volontiers , fi vous pouvez la dire.

Mme DE SMERLON.

Commençons par votre dîner : vous ne voulez donc pas confidérer la qualité , le rang de vos convives ?

M. DE RENALD.

Pardonnez-moi , Madame.

Mme DE SMERLON.

Et vous ne voulez rien ajouter à vos fix plats ?

M. DE RENALD.

Pas plus de fix plats.

Mme DE SMERLON.

Vous allez vous donner un ridicule affreux.

M. DE RENALD.

Je ne le crains point : tenez, Madame, (*tirant un livre de fon bureau.*) voici l'état de mes dépenfes, toutes exactement acquittées, mois par mois ; parce que je ne fais fervir à ma table que fix plats de cuifine bourgeoife. Vos excellences font couvrir la leur de trois fuperbes fervices ; mais elles font obligées de m'adreffer le boucher, le boulanger, le marchand de vin & l'épicier pour les payer : voilà la différence. Bref, (*ôtant & faluant de fon bonnet.*) fi leurs excellences ne veulent pas fe contenter de mes fix plats, je ferai réduit à la dure néceffité de renoncer au bonheur infigne de les poffeder davantage ; car je veux mourir fi l'on fervira plus de fix plats fur ma table : c'eft un point décidé.

Mme DE SMERLON *au colonel.*

Voulons-nous dîner au logis ?

LE COLONEL *bas.*

Il faudroit y trouver quelque chofe.

Mme DE SMERLON.

Eh bien, je paffe fur les fix plats.

M. DE RENALD *remettant fon bonnet.*

Comme il vous plaira.

Mme DE SMERLON.

Parlons maintenant de votre fils. Vous favez

C 2

quelles démarches nous avons faites auprès du prince & auprès du général, pour procurer à ce jeune homme un état, un rang dans le monde.

M. DE RENALD.

Je le fais, & je fais aussi que c'est contre mon gré.

Mme DE SMERLON.

Vous êtes si indifférent sur l'honneur de votre famille, qu'il faut bien que nous nous en occupions.

M. DE RENALD.

Effectivement, l'honneur est insigne; faire de mon fils un enseigne !

Mme DE SMERLON.

Moyennant notre crédit & nos protections, il avancera promptement.

M. DE RENALD.

Et sera fait lieutenant ; ensuite, avant qu'il ait une compagnie, il aura mangé son bien. Non, Monsieur & Madame de Smerlon, non . . . il n'en fera rien. Quelque dissipé, quelqu'étourdi que soit mon fils, il ne laisse pas d'avoir fait d'excellentes études ; & il peut rendre à l'Etat de meilleurs services par ses talens que par son bras. Il ne faut point traverser les espérances de quelque cadet de famille, de quelque provincial, qui soupire peut-être depuis long-temps après un drapeau ; ainsi, brisons là-dessus.

Mme DE SMERLON.

Ne soyez pas si vif, point de précipitation, Monsieur. Nous ne pouvons pas donner un démenti au général, & nous faire un jeu de la bienfaisance du prince ; les premiers pas font faits , les chofes font trop avancées.

M. DE RENALD.

Rétrogradez , Madame.

Mme DE SMERLON.

Jamais , Monfieur , jamais. Si vous prétendez vous obftiner , vous verrez que je le puis à mon tour. Le plan d'honorer votre famille eft fait , il fera exécuté , coûte qui coûte : le favez-vous , monfieur le Confeiller ?

LE COLONEL.

Doucement , ma fœur , doucement.

Mme DE SMERLON.

Ne m'interrompez pas.

LE COLONEL.

Eh bien , eh bien !

M. DE RENALD.

C'eft-à-dire , Madame , que vous avez dreffé un plan pour gouverner ma famille , & ce plan , ce beau plan qui doit s'exécuter , eft. . . .

Mme DE SMERLON.

Dois-je vous le répéter ?

M. DE RENALD.

J'efpère que vous me ferez cette grâce , afin que je le puiffe bien approfondir.

Mme DE SMERLON.

En deux mots , votre fils doit être officier. L'état militaire eft l'état le plus honorable , & la feule route qui puiffe faire figurer une famille bourgeoife dans le grand monde ; votre fille époufera le chambellan de Wilfdorff, pourvu que vous la lui offriez d'une certaine manière.

M. DE RENALD *jetant fon bonnet par terre.*

Offrir ! — moi offrir ma fille ! un père offrir fon enfant ! j'aimerois mille fois mieux la donner à un honnête artifan qui me la demanderoit. Mille firmamens ! a-t-on jamais fait pareille propofition ? — Moi offrir ma fille, ma chère Willelmine, avec cent mille écus, & à qui ? A un plat chambellan, plus gueux qu'un valet de pied : à un homme que les juifs fuivent à la pifte, comme des limiers.

LE COLONEL.

Eh bien, nous y voilà !

Mme DE SMERLON.

Ne cefferez-vous point de m'interrompre.

LE COLONEL.

Eh bien, eh bien !

Mme DE SMERLON.

On reconnoît fans peine, à de pareils propos, l'infolente groffièreté d'un roturier enrichi.

M. DE RENALD.

Et aux vôtres, Madame, l'impudente vanité d'un noble déguenillé.

Mme DE SMERLON.

Monfieur le confeiller Renald ?

M. DE RENALD.

Madame de Smerlon.

Mme DE SMERLON.

Ne nous compromettons pas plus long-temps....
Votre bras , monfieur le Colonel.

LE COLONEL *bas.*

Je voudrois que l'enfer réprimât votre déteftable
vanité. Allez voir maintenant où vous trouverez
aujourd'hui un morceau à manger.

Mme DE SMERLON.

Taifez-vous , mon frère , du pain bis & de
l'honneur,

LE COLONEL.

Oui , oui !

Mme DE SMERLON.

Je me recommande à monfieur de la Roture.

M. DE RENALD.

Je me recommande aux grâces de madame de
Seize-Quartiers , fans le fol ; je n'aurai donc point
l'honneur de vous avoir à mon dîner de fix plats?

LE COLONEL.

Dites donc qu'oui.

Mme DE SMERLON.

De ma vie je ne remettrai le pied chez vous.

M. DE RENALD.

Tant mieux, tant mieux : adieu donc , mes très-
nobles & très-chers parens.

SCÈNE XI.

M. DE RENALD, Mme DE RENALD.

M. DE RENALD.

MAIS, Madame, vous n'avez pas dit un mot pendant toute cette scène scandaleuse.

Mme DE RENALD *se jette dans ses bras.*

O mon cher ami !

M. DE RENALD *se dégageant.*

Qu'est-ce que cela veut dire ?

Mme DE RENALD.

Pardon, pardon, mon ami, pour toutes mes extravagances passées.

M. DE RENALD.

Qu'entends-je ?

Mme DE RENALD.

Oui, c'est avec la plus grande confusion, mon cher, que je vous confesse les folies qu'une sotte complaisance pour mes trop ridicules parens m'a fait commettre ; j'ai compromis, pour eux, notre commun bonheur, j'ai troublé notre repos : si jamais j'y retombe. . . . .

M. DE RENALD.

Ma chère femme, cela est-il sérieux ?

Mme DE RENALD.

Très-sérieux, mon cher ami ; que je cesse d'exister plutôt que. . . .

M. DE RENALD.

Tu voudrois donc quitter cette maudite étiquette, être la femme toute naturelle, toute naïve, toute ingénue, toute allemande, d'un franc & loyal mari tout allemand, fur le pied de tu & de toi ?

Mme DE RENALD.

Oui, — c'eſt ce que je veux de toute mon ame.

M. DE RENALD.

Touche-là, ma charmante femme ; ſoyons heureux, plus heureux & plus contens de nos ſix plats bien payés, que ces Excellences avec leurs ſeize quartiers & leurs dix-huit plats empruntés.

ACTE II.

SCÈNE PREMIÈRE

(Dans un appartement du colonel.)

LE COLONEL, Mme DE SMERLON.

LE COLONEL en entrant.

Du pain bis & de l'honneur : voilà de beaux mots ! mais cela nous donnera-t-il à dîner aujourd'hui ?

Mme DE SMERLON.

Mais, Monſieur mon frère....

LE COLONEL.

Mais, Madame ma ſœur, laiſſons-là les ſophiſmes. — Ce qui eſt vrai eſt vrai, ce qui eſt trop fort eſt trop fort.

Mme DE SMERLON.

Et qu'eft-ce qu'il y a donc de fi vrai, de fi fort?

LE COLONEL.

La vérité eft que votre orgueil, qui n'eft fondé
fur rien du tout, paffe les bornes de l'honnêteté.
Ce qui eft trop fort, c'eft d'infulter le confeiller,
qui feul, depuis plufieurs années, nous fait vivre
& nous foutient.

Mme DE SMERLON.

Avez-vous fini?

LE COLONEL.

Oui, s'il étoit poffible de finir avec vous. Mais
vouloir perfuader quelque chofe à une femme de
votre caractère, vouloir déraciner fes principes
ridicules, ce font de ces entreprifes problématiques
qui ne feront jamais achevées.

Mme DE SMERLON.

Vous faites mon éloge, fans le vouloir, mon
cher frère.

LE COLONEL.

Ce n'étoit pas mon intention, je vous affure,
& je n'en trouve point de fujet en vous, ma très-
chère fœur.

Mme DE SMERLON.

Mon caractère eft problématique; ce caractère n'eft
pas commun, & ce qui n'eft pas commun....

LE COLONEL.

N'eft pas diftingué pour cela.

Mme DE SMERLON.

Oh, vous faites des diftinctions.

LE COLONEL.

Oui, ma sœur, & je diſtingue un eſtomac creux d'avec un eſtomac plein. Si votre intention, avec vos grands airs, eſt de me faire oublier cette diſtinction, vous vous trompez prodigieuſement. — Au reſte, tâchez que nous puiſſions dîner.

Mᵐᵉ DE SMERLON.

J'y ai pourvu.

LE COLONEL.

Et comment cela ? Auriez-vous encore trouv quelque choſe à envoyer chez le très-obligeant Iſraélite Abraham ?

Mᵐᵉ DE SMERLON.

Oh, point du tout.

LE COLONEL.

Auriez-vous trouvé crédit chez le traiteur ?

Mᵐᵉ DE SMERLON.

Rien de ſemblable. Eh ! pauvre cervelle, avez-vous donc oublié que nous ſommes invités à dîner chez le conſeiller Renald ?

LE COLONEL.

Et avez-vous oublié, vous, comme il nous a congédiés ? je crois que la tête vous tourne.

Mᵐᵉ DE SMERLON.

Pas tant que vous le penſez ; en un mot, nous dînons chez monſieur de Renald. Tout cela s'eſt arrangé, par une certaine manière de s'y prendre qui m'eſt particulière, qui n'eſt qu'à moi.

SCÈNE II.

Les précédens, PHILIPPE.

PHILIPPE.

MADAME, le fellier eft là-bas.

LE COLONEL à fa fœur.

Avez-vous auffi arrangé cela ? Sans doute que ma chère fœur y va employer fa manière de s'y prendre.

Mme DE SMERLON.

Amufez un peu cet homme , & lorfque je fonnerai vous le ferez monter.

PHILIPPE.

Très - bien , Madame.

Mme DE SMERLON.

Voilà un contre - temps abominable.

LE COLONEL.

Un coup diabolique.

Mme DE SMERLON.

Je ne fais que faire : ces ouvriers font fi groffiers.

LE COLONEL.

Il faudroit arranger quelque chofe dans ce genre qui n'eft qu'à vous.

Mme DE SMERLON.

Un peu plus férieufement , s'il vous plaît , mon frère.

LE COLONEL.

De tout mon cœur | très-férieufement donc, fi vous ne m'aviez pas dicté ce maudit billet, fi je n'avois pas eu la foibleffe d'écrire toutes ces impertinences, nous ferions fur l'ancien pied avec le confeiller & nous pourrions compter fur lui.

Mme DE SMERLON.

Si le juif Abraham vouloit encore lâcher quelque chofe !

LE COLONEL.

Oui, s'il étoit devenu fou ; fur quoi nous prêteroit-il ? Mes appointemens lui font délégués pour deux ans ; le tréforier du régiment n'acceptera plus de mandats, foyez-en bien affurée : ainfi nous voilà fans crédit, fans honneur & fans pain bis, grâces à ce rare génie qui n'eft qu'à vous.

Mme DE SMERLON.

Mon frère, vous vous oubliez. Je ne fuis pas faite....

LE COLONEL.

Eh bien ! eh bien !

Mme DE SMERLON.

Vous avez bonne grâce à me parler ainfi...... moi....

LE COLONEL.

Eh bien !

Mme DE SMERLON.

Je voudrois ne m'être jamais mêlée de vos affaires.

LE COLONEL *à part.*

Elles feroient peut-être en meilleur état.

Mme DE SMERLON.

J'y ai facrifié tout mon bien.

LE COLONEL *à part.*

Une bicoque dont la première tuile n'étoit plus
à elle depuis long-temps.

Mme DE SMERLON.

Voilà donc vos remercîmens.... Si vous ne
m'aviez pas eue à la tête de votre maifon, je voudrois bien favoir comment vous vous feriez tiré
de tant d'affaires épineufes ?

LE COLONEL.

En effet, il n'eft pas donné à tout le monde
(*bas*) de payer d'effronterie.

Mme DE SMERLON.

Quoi payé ? Qu'eft-ce que vous marmottez fi bas ?

LE COLONEL.

Je difois qu'il n'étoit pas donné à tout le monde
de payer avec des efpérances ; (*à part.*) mais je fuis
bien fot de m'en laiffer impofer par cette femme.

Mme DE SMERLON *prend la fonnette & fonne.*

LE COLONEL.

Que voulez-vous faire ?

Mme DE SMERLON.

Expédier ce fellier.

LE COLONEL.

Et comment ? avec quoi ?

Mme DE SMERLON.

Ne vous en inquiétez pas , c'est mon affaire.

LE COLONEL *à part.*

Oh , pour le coup, elle sera bien habile si elle fait entendre raison à ce grossier personnage.

SCÈNE III.

Les précédens , LE SELLIER.

LE SELLIER.

BIEN le bonjour, sauf votre respect. Vos Excellences m'ont fait attendre un peu long-temps dans le vestibule, sauf votre respect : nous autres ouvriers, nous avons un peu mieux à faire que de rester les bras croisés comme des laquais, sauf votre respect.

Mme DE SMERLON.

Comment , mon ami , vous avez donc bien de l'ouvrage ?

LE SELLIER.

Par-dessus la tête, sauf votre respect. Tous ces messieurs les cavaliers font belle figure & mènent grand train, il n'y a que l'argent, sauf votre respect, qui vient au petit pas, voilà le HIC ; il ne leur manque que cela, sauf votre respect, & sans le juif Abraham. . . .

Mme DE SMERLON.

Vous le connoissez donc ?

LE SELLIER.

Oh oui, votre Excellence, c'eſt moi, ſauf votre
reſpeſt, qui lui fabrique ſes cuirs d'Angleterre. Oh !
c'eſt un homme de parole, lui ; j'ai cent fois plus
de confiance en ſa ſimple promeſſe que dans tous
les écrits de preſque tous nos grands ſeigneurs ;
auſſi, nombre de fois m'a-t-il cautionné les com-
mandes qu'ils m'ont faites, autrement néant ; ... ils
ſont trop ſujets à oublier leurs dettes. Une fois
qu'on leur a livré la marchandiſe, c'eſt le diable
pour s'en faire payer. Ils commanderoient plutôt
dix voitures l'une après l'autre, qu'ils ne payeroient
dix louis à compte ſur la première. Mais Abraham
n'en eſt pas la dupe. Oh, c'eſt un drôle de corps
que ce juif, ſauf votre reſpeſt. La dernière fois que
je lui livrai du cuir, il me mena dans ſon dépôt de
gages : tenez, me dit-il, voilà tous nos ſeigneurs
grands & petits, je garde leurs habits de trois
ſaiſons, leur vieille vaiſſelle, des bijoux achetés la
veille à crédit, pour ſatisfaire la folie du lendemain.

Mme DE SMERLON.

En effet, c'eſt un plaiſant original.

LE SELLIER.

N'eſt-ce pas, votre Excellence ? En voyant tout
cela, je ne pouvois m'empêcher de rire, ha, ha, ha !
je crus être en paradis, ſauf votre reſpeſt, où il
n'y a pas de diſtinction, à ce qu'on dit. — Là il y
avoit, du Conſeiller privé & du Conſeiller intime ;
de la Fille du monde, ſauf votre reſpeſt, & de la Dame
de cour ; du Savetier & du Miniſtre ; tout cela étoit

confondu,

confondu, fauf votre refpect. Ah ! c'eft ma foi bien drôle, fauf votre refpect.

Mme DE SMERLON.

Je le crois : (*à part.*) l'infolent coquin !

LE SELLIER.

Il m'a femblé y voir auffi la belle robe de cour de votre Excellence, celle garnie en rézeaux d'argent, fauf votre refpect.

Mme DE SMERLON.

Cela fe peut bien, ces fortes d'habits fe mettent une fois, dans un jour de gala, & puis on les donne à fes femmes.

LE SELLIER.

Je ne faurois m'empêcher de rire, ha, ha, ha. Cette parure étoit accrochée à côté de la petite robe & du caraco de ma voifine la Mercière, de laquelle je dis toujours : beaucoup de vent & rien de folide, fauf votre refpect. Elle veut, à toute force, imiter les grandes dames, & elle ne m'en paroît, à moi, que plus petite. Donc en voyant ainfi vos habits à côté les uns des autres, je difois : oh, pour le coup, ma petite dame, vous qui aimez la compagnie des grands, voilà du moins vos habits & les leurs, compagnons de fortune ; ha, ha, ha.

LE COLONEL *bas.*

Ce coquin-là me fera donner au diable.

LE SELLIER.

A préfent, votre Excellence, voici ma cédule pour le carroffe de parade, montant jufte à deux

D

cens louis d'or, comme nous en fommes convenus. M. le Général m'a envoyé ici pour toucher mon argent, m'affurant qu'il étoit tout prêt, fauf votre refpect.

Mme DE SMERLON.

Oui, mon ami, cela eft jufte,.... l'argent eft prêt.

LE COLONEL à part.

Peut-on mentir auffi effrontément !

Mme DE SMERLON.

Il n'eft queftion que de l'envoyer prendre chez le confeiller de Renald ; mais avant il faut favoir fi tout eft fourni fuivant les conventions.

LE SELLIER.

Comment votre Excellence entend-elle cela, fauf fon refpect ?

Mme DE SMERLON.

Je veux dire qu'il faut favoir fi la voiture a été livrée au Général telle qu'il l'a demandée, enfin telle qu'elle devoit être, fuivant ce qui eft détaillé ici.

LE SELLIER.

Voilà qui eft fingulier, fauf votre refpect ! Je fais, Dieu foit loué, lire dans l'écriture. Tout ce qui eft mentionné au devis eft livré, il n'y manque pas un clou, fauf votre refpect. Ce n'eft pas ainfi, votre Excellence, qu'il faut me traiter, moi : j'ai fait plus de mille voitures dans ma vie, & celle-ci feroit la première dont on me feroit des reproches.

Mme DE SMERLON.

Doucement, doucement, pourquoi vous échauffer ?

LE SELLIER.

Sauf votre refpect, Madame, je n'aime pas ces chofes-là. Monfieur le Général ne pouvoit pas attendre le jour de la livraifon, à tous momens il paffoit à la boutique ; on n'a pas employé un clou qu'il ne l'ait approuvé ; & partant, fauf votre refpect, je fupplie votre Excellence de me donner mon argent, ou je retire ma voiture de deffous la remife, & la fais ramener chez moi, fauf votre refpect.

Mme DE SMERLON.

Mais, en vérité, vous êtes ridicule. — Ne faut-il pas de l'ordre en toute chofe ? Avant de payer, au moins faut-il que je voie par moi-même comment les chofes font conditionnées.

LE SELLIER.

A merveilles ; voilà ce qui s'appelle parler en dame d'un grand fens, fauf votre refpect. Si la voiture étoit pour votre Excellence, elle pourroit l'examiner par devant, par derrière, en dedans & en dehors ; mais elle eft pour Monfieur le Général, fauf votre refpect, qui en eft content ; ainfi, mon argent, s'il vous plaît, fauf votre refpect.

Mme DE SMERLON.

Voulez-vous de l'or, ou de l'argent blanc ?

LE SELLIER.

Oh cela m'eft égal, pourvu que vous me faffiez bon de la différence de l'or à l'argent. Je m'en fervirai pour payer mes fourniffeurs, fauf votre refpect ; car, dans un pareil équipage, il entre tant de chofes, & de tant d'efpèces....

Mme DE SMERLON.

A propos, les deux régimens de Sorlem & Waldek
se plaignent beaucoup de leurs fournisseurs, qui
leur livrent de très-mauvais ouvrage. . . . Auriez-
vous envie de traiter avec eux ?

LE COLONEL *bas.*

Où diantre va-t-elle pêcher cela ?

LE SELLIER.

Pourquoi pas, votre Excellence? Si vous pouviez
me procurer cette affaire, sauf votre respect. . .

Mme DE SMERLON.

Vous l'offrirois-je, si je ne l'avois à ma disposition?
Savez-vous une chose, mon ami, dressez-moi un
devis du prix d'une selle, de la bride, enfin de tous
les harnois ; & demain, en venant prendre votre
argent, vous me l'apporterez.

LE SELLIER.

Cela se peut, votre Excellence ; mais, sauf votre
respect, je voudrois bien remporter mon argent
aujourd'hui ; car chez moi les samedis sont de
terribles jours.

Mme DE SMERLON.

Un jour n'est pas une affaire ; & si votre offre
est plus avantageuse que celle du fournisseur actuel ;
j'ai des ordonnances pour un à compte de deux
cens écus, alors cela ne fera qu'un seul & même
paiement.

LE SELLIER.

A la bonne heure ; ainsi donc je passerai demain,

Madame ; & je compte fur les fournitures , fauf votre refpeƈt.

Mme DE SMERLON.

Je vous en donne ma parole.

LE SELLIER.

Je ne puis m'empêcher de rire de ce que mes confrères les jurés diront. Quels yeux ils vont ouvrir, lorfqu'ils s'appercevront que je leur ai foufflé cette belle fourniture , ha , ha , ha.

Mme DE SMERLON.

C'eft leur faute , pourquoi furfont-ils ?

LE SELLIER.

C'eft une finguliere chofe dans ce monde , l'un tâche toujours d'attraper l'autre. Ha , ha , ha.

Mme DE SMERLON.

Vous avez raifon , le plus fin dupe toujours le plus crédule. Ha , ha , ha.

LE SELLIER.

Bon , bon , votre Excellence , ha , ha , ha ; le vieux juré ne croira jamais qu'une pareille affaire puiffe lui échapper , il s'imagine avoir la fcience infufe.

Mme DE SMERLON.

Ha ça , n'oubliez pas de venir demain.

LE SELLIER.

Non parbleu , je ne l'oublierai point. Par-tout où il y a quelque chofe à toucher & à gagner , maître Leger ne dément pas fon nom , il eft alerte comme un écureuil , fauf votre refpeƈt. Je me recommande à votre Excellence. Ha , ha , ha ; je ne puis m'empêcher de rire en fongeant au gros juré de notre communauté, — ha , ha , ha.

Mme DE SMERLON.

Ha , ha , ha ; il perd fa fourniture , & il ne fait comment.... Mon frère, ne trouvez - vous pas cela délicieux ?

LE COLONEL *à moitié gai.*

Ha , ha , ha.

LE SELLIER.

Tout - à - fait plaifant , fur mon ame, ha , ha , ha : je rirai long-temps du gros juré.

SCÈNE IV.

LE COLONEL, Mme DE SMERLON *qui rit à gorge déployée*, enfuite LE SELLIER, & à la fin PHILIPPE.

LE COLONEL.

BRAVO, ma fœur ! cela eft charmant , admirable : propofer de l'or ou de l'argent blanc à choix , & n'avoir pas le fol.... parler de fourniture & de marché pour deux régimens , dont on connoît à peine de nom les colonels.....

Mme DE SMERLON.

Convenez du moins que c'étoit plaifant. Comme cet imbécille , avec fes fauf refpeſt , a gobé l'hameçon & comme il eſt parti avec un pied de nez !

LE COLONEL.

Oui, cela feroit en effet très-plaifant, fi de pareils jours n'avoient pas de lendemain ; mais combien de temps cela durera-t-il ?

Mme DE SMERLON.

Lorfque le commandant d'une place affiégée peut amufer les affaillans vingt-quatre heures feulement, foit avec un projet de capitulation, foit autrement, il croit avoir gagné beaucoup en gagnant du temps ; c'eft auffi ma maxime.

LE SELLIER *revenant avec précipitation.*

Votre Excellence ne pourroit-elle pas me faire la grâce de me donner un à compte de cinq cens écus ?

LE COLONEL *à part.*

Je gagne du temps, je gagne beaucoup !

Mme DE SMERLON

Je le ferois très-volontiers, mon ami, mais dans ce moment j'ai des affaires de la dernière importance à finir ; patientez jufqu'à demain, je n'y ferai que pour vous feul ; je comparerai vos devis avec ceux de vos confrères, & je fuis fûre...

PHILIPPE.

Votre Excellence, voici M. le Chambellan qui defire avoir l'honneur de vous faire fa cour.

Mme DE SMERLON.

Eft-il là ? il me fera plaifir. (*Philippe fort.*) Portez-vous bien, M. Leger, & gardez-vous fur tout de rien dire des fournitures.

D 4

LE SELLIER.

Dieu m'en préserve, votre Excellence, je ne suis pas une cruche, sauf votre respect ; à demain donc.

Mme DE SMERLON.

Ne soyez pas si prompt à railler, & laissez-moi conduire ma barque.

LE COLONEL.

Rira bien qui rira le dernier.

SCÈNE V.

Les précédens, LE CHAMBELLAN.

LE CHAMBELLAN.

MILLE bons jours à madame de Smerlon, autant à mon cher Colonel. Quelle singulière figure avez-vous donc fait ce matin à la parade ? Quelle histoire y a donné lieu ? toute la cour s'en est amusée : j'ai entendu parler d'un billet déchiré par le conseiller de Renald, mais je n'y ai rien compris.

LE COLONEL.

C'est encore un de ces tours du conseiller, occasionné par la haute prudence de Madame ma sœur.

Mme DE SMERLON.

Mon frère !

LE COLONEL.

Eh bien !

Mme DE SMERLON.

Nous n'avons rien de caché pour vous, Monfieur,
qui ferez bientôt de la famille.

LE CHAMBELLAN.

Je me trouverai très-honoré, fi la chofe réuffit.

Mme DE SMERLON.

Je n'en doute pas un inftant.

LE COLONEL.

Quant à moi j'en doute très-fort.

Mme DE SMERLON.

Nous parlerons de cela tantôt... Vous connoiffez
nos intentions pour le jeune Renald?

LE CHAMBELLAN.

Dont vous voulez faire un officier?

Mme DE SMERLON.

J'avois fupérieurement bien arrangé tout cela.
J'avois dicté au Colonel un billet....

LE COLONEL.

Que je n'aurois jamais dû écrire!

Mme DE SMERLON.

Trêve d'interruption! Mon billet au Confeiller
lui indiquoit d'abord comment il devoit s'y prendre,
enfuite je lui foufflois quelques pillules.....

LE CHAMBELLAN.

Qui n'étoient pas dorées, fans doute.

Mme DE SMERLON.

Cela fe peut bien. — Mais que fait le Confeiller?
il déchire le billet en mille pièces.

LE COLONEL.

Y met très-proprement une belle enveloppe.

Mme DE SMERLON.

Et l'envoie au Colonel à la parade.

LE CHAMBELLAN.

Cela eſt charmant, en vérité.... Il faudra pourtant en toucher deux mots au dîner de tantôt.

LE COLONEL.

Oui, ſi nous avions l'honneur d'en être.

LE CHAMBELLAN.

Pourquoi pas ? n'ai-je pas vu une carte d'invitation chez vous ?

LE COLONEL.

Les choſes ont un peu changé depuis, Madame ma ſœur.....

Mme DE SMERLON.

Encore ! Ah ! Monſieur mon frère.

LE COLONEL.

Hé bien, hé bien !

Mme DE SMERLON.

Sur la nouvelle du billet déchiré, je me fis conduire en toute hâte chez le Conſeiller : je l'entrepris de la bonne manière, un mot en attira un autre.... bref.... nous nous ſommes quittés parfaitement brouillés. — Ce qu'il y a de plus ſingulier dans cette aventure, c'eſt que ma jolie petite nièce, Madame la Conſeillère, que j'avois tenue en tête-à-tête un inſtant auparavant & qui étoit de notre avis à tous contre fon mari , a changé tout-à-coup de fentiment comme de langage , & a pris très-chaudement parti contre nous.

LE CHAMBELLAN.

Chaudement ?

Mᵐᵉ DE SMERLON.

Très-vivement , je vous affure.

LE CHAMBELLAN.

J'en fuis fâché , je me promettois beaucoup de fa fociété.

Mᵐᵉ DE SMERLON.

Ne vous inquiétez de rien , cela n'empêchera pas que nous ne dînions enfemble.

(*Le colonel écoute attentivement.*)

LE CHAMBELLAN.

Comment cela ?

Mᵐᵉ DE SMERLON.

Vous connoiffez cette bonne, cette douce créature, Mademoifelle de Renald?

LE CHAMBELLAN.

Ma future ?

Mᵐᵉ DE SMERLON.

Vous favez qu'elle ne fauroit offenfer un enfant, & que fon cœur fenfible fouffre du moindre chagrin de fes parens. —— Son père en eft fou & ne fauroit lui rien refufer : c'eft à elle que je me fuis adreffée , je viens de lui écrire , elle arrangera tout.

LE COLONEL.

Vous croyez cela ?

Mme DE SMERLON.

Affurément, & je parie qu'avant une demi-heure elle viendra ici tout exprès pour nous emmener.

LE CHAMBELLAN.

Cela feroit excellent ! je pourrois en même temps parler de mes propres affaires. Avez-vous eu occafion, Madame, de faire à fon père la propofition dont nous étions convenus ?

Mme DE SMERLON.

Oui vraiment.

LE CHAMBELLAN.

Avec quel fuccès ?

Mme DE SMERLON.

Comme cela : là , là.

LE COLONEL.

Parlez naturellement : —— avec le plus mauvais fuccès du monde.

LE CHAMBELLAN.

Comment donc !

Mme DE SMERLON.

Faut-il toujours, mon frère, que vous caffiez les vitres ?

LE CHAMBELLAN.

Il eft donc vrai ?

Mᵐᵉ DE SMERLON.

Vous connoiffez le Confeiller, — il n'a pas abfolument pris la chofe comme nous l'efpérions.

LE COLONEL.

Bien loin de là, il a jeté feu & flammes, il a dit
nettement qu'il n'étoit point fait pour s'abaiffer à. . .

LE CHAMBELLAN.

S'abaiffer !.... ainfi me voilà compromis ?...

Mᵐᵉ DE SMERLON.

Point du tout : vous prenez auffi la chofe de
travers ; il n'a pas abfolument refufé l'affaire, il a
feulement blâmé la manière de la propofer.

LE CHAMBELLAN.

Il me femble pourtant que c'eft le feul moyen de
fauver aux yeux du monde une pareille méfalliance,
& de faire excufer par la cour un mariage . . . Mais
dites - moi, je vous prie, lorfque mon nom, mon
rang, ma faveur auprès du prince font mis par moi
dans la balance, quel contre - poids M. le confeiller
de Renald prétend - il y oppofer ?

LE COLONEL.

Une fille charmante, parfaitement bien élevée,
avec une dot de cent mille écus.

LE CHAMBELLAN.

Il paroît que M. le Colonel s'eft déjà paffable-
ment familiarifé avec les alliances roturières.

LE COLONEL.

Et il me semble à moi que M. le Chambellan &
madame ma sœur portent leurs prétentions jusqu'au
ridicule. Je n'ai pas voulu m'en mêler, c'est Madame
qui a porté & reçu les paroles ; mais je vous déclare
que de telles prétentions sont absurdes autant que
malhonnêtes ; je soutiens qu'on a fait au Conseiller
de sottes propositions, & qu'il a bien fait de les rejeter
avec mépris.

Mme DE SMERLON.

Avez-vous perdu la tête, mon frère ?

LE COLONEL.

Nullement,

Mme DE SMERLON.

Pensez-vous avoir affaire à votre porte-drapeau,
que vous pouvez traiter comme il vous plaît ?

LE COLONEL.

Hélas !

LE CHAMBELLAN.

Laissons cela; je m'y prendrai d'une autre manière.
Monsieur le Conseiller ignore peut-être que c'est
moi qui le soutiens à la cour ; que sans moi il seroit
à bas depuis long-temps ; que souvent j'ai détourné
l'orage & adouci le prince, dont il semble se faire
un jeu de provoquer l'humeur par ses impertinentes
contradictions. Mais patience, j'aurai bientôt quelques
mots à lui dire de la part de son Altesse.

Mme DE SMERLON.

Oh, faites cela & l'homme est à nous.

LE COLONEL.

Toutefois pas avant dîner, si vous m'en croyez, afin que ni lui, ni nous n'en perdions point l'appétit. — Ah, voici notre Hollandois.

SCÈNE VI.

Les précédens, LE LIEUTENANT.

LE COLONEL.

Eh bien, comment se porte M. le Lieutenant?.... A-t-il encore eu quelque idée sublime?

LE LIEUTENANT.

En quittant la parade j'ai fait ma visite d'adieu aux officiers de l'état-major, je suis entré un moment au café, & je viens offrir mon bras à ma chère tante pour aller chez M. le Conseiller, où nous devons dîner.

Mme DE SMERLON.

Mille grâces, nous avons tout le temps.

LE LIEUTENANT.

Je suis à vos ordres.

Mme DE SMERLON.

Chez M. le Conseiller on dîne à la vérité à midi sonnant ; mais nous attendons auparavant la visite de Mademoiselle de Renald.

LE LIEUTENANT *rougiſſant.*

La viſite de Wilhelmine ?

Mᵐᵉ DE SMERLON.

Il me ſemble que vous rougiſſez en prononçant ſon nom.

LE LIEUTENANT.

Moi ? — vous me pardonnerez, Madame.

Mᵐᵉ DE SMERLON.

Quand finira votre ſemeſtre, Monſieur ?

LE LIEUTENANT.

Sous peu de jours.

Mᵐᵉ DE SMERLON.

Penſez - vous à le faire renouveller, ou à partir ?

LE LIEUTENANT.

Je pars, Madame.

SCÈNE VII.

Les précédens, WILHELMINE, PHILIPPE.

PHILIPPE *ouvre la porte & annonce.*

LA Freule de Renald. (*il ſort.*)

Mᵐᵉ DE SMERLON *fronçant les ſourcils.*

Ce petit Lieutenant....

WILHELMINE *baiſe la main à Mᵐᵉ de Smerlon.*

Bon jour, ma chère tante.

Mᵐᵉ

Mme DE SMERLON.

Bon jour, petite nièce.

WILHELMINE *veut baiser la main du Colonel qui s'y refuse, mais qui baise le front de Wilhelmine.*

LE COLONEL.

Bon jour, cher enfant.

(*Wilhelmine fait une révérence sérieuse au Chambellan, & une pleine de grâces au Lieutenant.*)

Mme DE SMERLON.

Comment cela va-t-il chez vous, Mademoiselle ma nièce ?

WILHELMINE.

Tout va très-bien, j'ai mille complimens à vous faire de mon papa & de maman. Ils espèrent vous avoir tous deux à dîner.

Mme DE SMERLON.

Eh bien, Monsieur le Colonel ?

LE COLONEL.

Là, là, (*à part.*) cette femme a un esprit familier.

Mme DE SMERLON.

Ma chère petite, puisque nous voici justement tous en famille, j'aurois un petit mot à vous dire, si vous le voulez bien.

WILHELMINE.

Ordonnez, ma chère tante.

Mme DE SMERLON.

Vous êtes une fille aimable, pleine de grâces

E

& d'efprit, vous voilà dans l'âge de fonger à un établiffement.

WILHELMINE.

Oh , ma bonne tante, c'eft à quoi je ne penfe pas encore.

Mme DE SMERLON.

Nous connoiffons ce langage ; il n'eft queftion que de trouver un parti fortable.

WILHELMINE.

Ménagez - moi , gracieufe tante, à quinze ans on peut encore attendre ; & pourquoi me prefferois-je ? Où pourrois - je vivre plus heureufe que chez mon papa ? Rien ne me manque chez lui.

Mme DE SMERLON.

Excepté ce que tous les pères & mères du monde ne peuvent fuppléer.

WILHELMINE.

Vous ne faites donc aucune exception ?

Mme DE SMERLON.

Il n'eft pas aifé d'en faire ; il faudroit que le cas fût tout particulier.

WILHELMINE.

Permettez, ma chère tante, que ce foit le mien.

Mme DE SMERLON.

Eh quoi ! férieufement : votre petit cœur ne fentiroit-il aucun vide ?

WILHELMINE,

Non, ma chère tante, l'amour de mes parens l'occupe tout entier.

Mme DE SMERLON,

Ha, ha! Pourquoi pas auffi l'amour d'un mari? Comme cela fait la petite innocente!

LE COLONEL.

Ma fœur,....

Mme DE SMERLON.

Mon frère, conduifez vos projets.

LE COLONEL.

Eh bien, eh bien!

Mme DE SMERLON.

Êtes-vous affez raifonnable pour fentir combien l'illuftration de votre maifon me tient à cœur? Votre mariage avec un homme de confidération peut donner un grand relief à votre nom : il ne s'agit que de faire un bon choix, & ce choix je l'ai fait dans la perfonne de M. le baron de Wildorff, premier chambellan du prince, que je vous préfente ici comme votre prochain époux.

WILHELMINE.

Monfieur le Chambellan?——Un pareil honneur...

LE CHAMBELLAN.

Ne doit pas vous étonner, Mademoifelle, vous avez tant de perfections que....

WILHELMINE.

Je fuis fi étonnée, Monfieur, que je ne fais où

trouver des expreſſions pour répondre à une pareille propoſition.

Mme DE SMERLON.

N'importe, n'importe : une demoiſelle a toujours bonne grâce à paroître embarraſſée après une telle déclaration.

WILHELMINE.

Je le ſuis en effet.

Mme DE SMERLON.

Je le crois, ma petite mère, je le crois bien. Je me ſouviens de ce que j'éprouvai, il y a vingt ans, lorſqu'on me fit la première propoſition de mariage. Malheureuſement on n'éprouve ces ſortes d'émotions qu'une fois dans ſa vie. Comme cela vous ſerre le cœur, comme cela éblouit les yeux, & quel tapage cela fait dans la tête !

WILHELMINE.

Je puis vous proteſter, ma chère tante, que je n'éprouve rien de tout cela.

Mme DE SMERLON.

Je t'aſſure, ma chère petite nièce, que je n'en crois pas un mot. — Mais au fait,... je me flatte, Mademoiſelle, que vous ne trouverez pas à redire à la perſonne de M. le Chambellan.

WILHELMINE.

Ma tante ! ....

Mme DE SMERLON.

Il eſt d'une de nos plus anciennes familles, revêtu

d'une place distinguée à la cour, & par-dessus tout, favori du prince.

W I L H E L M I N E.

Ma bonne tante. . . . je. . . . je. . . .

Mme D E S M E R L O N.

Et que veulent dire ces mots entre-coupés ? Que signifient ces yeux baissés ?

W I L H E L M I N E.

Vous m'embarrassez, ma chère tante.

Mme D E S M E R L O N.

Quel embarras y a-t-il à avoir ? Faut-il un si grand effort pour agréer une proposition qui honoreroit les premières maisons de la ville ?

W I L H E L M I N E *jetant un coup d'œil sur le lieutenant.*

Quand même je n'aurois rien à opposer à cette proposition, pourrois-je oublier que je dépends d'un père ?

Mme D E S M E R L O N.

Oui, mais d'un père, nous le savons, qui n'a rien à refuser à sa chère petite Freule ; qui seroit le plus aveugle des hommes, s'il n'appercevoit pas les avantages précieux d'une pareille alliance ; aussi quelqu'extravagante que soit sa façon de penser. . . .

W I L H E L M I N E *avec sensibilité.*

Madame, parlez-vous de mon père ?

Mme D E S M E R L O N.

Et de quel autre donc ?

E 3

WILHELMINE.

Et c'eſt à ſa fille que vous en parlez ainſi ?

Mᵐᵉ DE SMERLON.

Voyez , voyez comme cette petite créature s'échauffe ! Auroit-elle déjà des griffes , cette jeune colombe ?

LE LIEUTENANT.

Il me ſemble que cet air animé l'honore.

Mᵐᵉ DE SMERLON.

A propos , Monſieur le Lieutenant , j'avois preſque oublié que vous étiez ici. Diſpenſez-vous , je vous prie , de prendre la moindre part à ce qui ne vous touche pas.

LE LIEUTENANT.

C'eſt ma couſine.....

Mᵐᵉ DE SMERLON.

Dont l'établiſſement ne vous importe guère & ne vous regarde pas aſſurément. Enfin , mademoiſelle de Renald , vous connoiſſez actuellement mes intentions , vous ſavez que je puis pouſſer à bonne fin ce que j'ai une fois entrepris ; je ſerois enchantée que vous vouluſſiez vous décider ici , en préſence de vos parens , afin que nous ayons moins de peine à mettre votre père à la raiſon.

WILHELMINE.

Je vous ſupplie , encore une fois , ma chère tante , de m'épargner l'embarras où vous me mettez en inſiſtant.

Mme DE SMERLON.

Décidez-vous , Mademoifelle.

WILHELMINE *courageufement.*

Je le fuis , & puifque vous exigez abfolument que
je dife ma penfée , je dirai que M. le Chambellan
joue ici , malgré moi , un rôle très-défagréable.

LE CHAMBELLAN.

En effet , je m'en apperçois.

WILHELMINE.

J'en fuis fâchée ; mais , Monfieur le Chambellan ,
vous conviendrez vous-même , qu'ayant à peine
l'honneur de vous connoître , & dépendant d'un
père , fans la volonté duquel je ne dois ni ne veux
faire une pareille démarche , les inftances de ma
chère tante font tout-à-fait fingulières.

LE CHAMBELLAN.

Accordez-moi au moins l'efpérance , Mademoifelle.

WILHELMINE.

Pas la moindre , Monfieur le Chambellan.

LE CHAMBELLAN *bas à madame de Smerlon.*

Eft-ce là cette colombe apprivoifée , qui dit oui
à vos moindres defirs ?

Mme DE SMERLON.

Bravo ! Mademoifelle : pas la moindre efpérance...
Ce langage fied admirablement bien à une petite
fille de votre efpèce. — Mais , ma belle , fachez que
l'on ne m'en fait pas accroire. Il y a là-deffous

E 4

quelque chofe de plus que cette chère innocence,
& que cette aveugle obéiffance aux volontés d'un
père : mais je vous déclare que fi je m'apperçois que
vous ayez la moindre intelligence avec quelque plat
bourgeois....

WILHELMINE.

Ma chère tante, fi vous ne changez de difcours,
je ferai obligée de m'en aller.

Mme DE SMERLON.

Nous vous fuivrons : monfieur le Chambellan
vous donnera le bras, fi vous voulez bien le permettre : nous reprendrons cela à table. — Venez,
mon frère,... Monfieur le Lieutenant eft-il des
nôtres ?

LE LIEUTENANT.

Oui, très-gracieufe tante.

(*Le Colonel donne la main à fa fœur & le Chambellan
à Wilhelmine. En fortant, Wilhelmine jette fon éventail;
le Lieutenant court le ramaffer ; elle lui fait figne de n'en
rien faire.*)

SCÈNE VIII.

LE LIEUTENANT *feul*, *enfuite* **WILHELMINE.**

LE LIEUTENANT.

T'AI-JE entendu, fille angélique ? — Ai-je...
Oh, mille grâces, ma tante, grâces un million de fois !
vouliez-vous forcer cette charmante enfant à faire

une déclaration d'où dépend toute ma félicité, si j'ai bien entendu.... O jours d'inquiétude, ô nuits pleines d'alarmes, que vous êtes bien réparés !

WILHELMINE *revenant promptement sur ses pas.*

Il faut.... il faut que j'aye laissé tomber mon éventail.

LE LIEUTENANT *à ses pieds.*

Le voici, le voici.

WILHELMINE.

Que faites-vous ? Que veut dire ceci, Monsieur le Lieutenant ?

LE LIEUTENANT.

M'étoit-il possible de ne pas vous entendre ?

WILHELMINE.

Charles !

LE LIEUTENANT.

Wilhelmine !

} *du ton & du regard le plus vif & le plus expressif.*

LE LIEUTENANT *lui tenant la main avec transport.*

Oui, trésor de mon ame, j'ai lu dans ta pensée, le moindre de tes gestes, je l'entends ; ton cœur entend-il le mien ?

WILHELMINE.

Laissez-moi, Charles, — pour Dieu, laissez-moi. Je me suis esquivée pour un seul instant,.... ils m'attendent à la porte ;.... il faut que je m'en aille.... nous nous verrons à table.... ô Charles, Charles ! (*elle part avec précipitation.*)

LE LIEUTENANT *après une pause.*

Où étois-je?.... Où suis-je?.... Qu'un pareil moment répand de charmes sur la vie!... Quel coup d'œil!.... & le son de sa voix,.... le doux ferrement de sa main... Ah! tout l'Olympe y étoit!... C'est ici qu'elle marchoit.... Mes pieds sont sur la place embaumée par les pas de cet ange qui m'aime. Qui t'aime; toi, malheureux Charles!

SCÈNE IX.

LE LIEUTENANT, PHILIPPE *avec une bouteille de vin, du fromage d'Hollande & du pain.*

PHILIPPE.

Dieu soit loué, les voilà partis.

LE LIEUTENANT.

Qui partis, qui?

PHILIPPE.

Eh qui! les Maîtres. Allons, Monsieur le Lieutenant, puisque les autres vont dîner, il est temps au moins que nous déjeûnions.

LE LIEUTENANT.

Je ne veux pas, — je ne puis pas. Il faut que je la revoie, ne fût-ce que le bout de sa robe, il faut.... (*il sort.*)

PHILIPPE.

Qu'est-ce donc encore que cela?... Le diable

fait ce qu'il a dans la tête.... il ne veut pas.... il ne peut pas.... Eh bien, c'est moi qui pourrai : (*en posant le déjeûné sur la table.*) parlez-moi de ce déjeûné, cela vaut mieux que leur eau chaude, tantôt brune, tantôt jaunâtre.... ceci du moins a de la consistance. Oui, oui, ma bonne, ma chère Hollande, tu es un excellent pays,... je voudrois que nous y fussions déjà ; il y a de bons fromages, de beaux ducats, de jolies filles. Chaque fois que je pense à ma petite Hollandoise, toute rondelette, à son jupon court, à son tablier blanc, à ses beaux ducats tout neufs que la main profane d'aucun juif n'a encore rognés : — aussitôt que je me livre à ces réflexions... (*il coupe un grand morceau de fromage.*)

LE LIEUTENANT *encore derrière la scène.*

Philippe.

PHILIPPE *laisse tomber le couteau & le fromage.*

Monsieur le Lieutenant.

LE LIEUTENANT.

Fais mon porte-manteau.

PHILIPPE.

Votre porte-manteau ?

LE LIEUTENANT.

Oui, oui, oui.

PHILIPPE.

Vous voulez donc partir ?

LE LIEUTENANT.

Oui, auffi-tôt après le dîner.

PHILIPPE.

Et pour quel endroit ?

LE LIEUTENANT.

Qu'en fais-je ? Allons.

PHILIPPE.

Mais, Monfieur le Lieutenant....

LE LIEUTENANT.

Point de mais.... tais-toi,... Sort maudit !

PHILIPPE.

Excellent fromage !

LE LIEUTENANT.

Falloit-il connoître cet Ange, pour s'en féparer ?

PHILIPPE.

Falloit-il fentir l'avant-goût de fon excellence, & n'en tâter que d'une dent !

LE LIEUTENANT.

De quels yeux me verra-t-elle ?...

PHILIPPE.

Les beaux yeux qu'il a !

LE LIEUTENANT.

Quand je ferai devant elle à bégayer mes adieux... quand les larmes de l'amour & de la compaffion inonderont fon beau vifage....

PHILIPPE.

Quels yeux ! Ils pleurent maintenant.... mais quand ils ne pleureront plus, c'eſt moi qui pleurerai.

LE LIEUTENANT.

Philippe.

PHILIPPE.

Monſieur le Lieutenant.

LE LIEUTENANT.

Qui ſuis-je ?

PHILIPPE.

Vous, vous, Monſieur, vous êtes mon maître.

LE LIEUTENANT.

Que ſuis-je ?

PHILIPPE.

Lieutenant au ſervice d'Hollande. Mais vous feriez bien plus avancé, ſi le mérite étoit récompenſé ; .... & moi donc, ne ſerois-je qu'un ſimple palefrenier, ſi....

LE LIEUTENANT.

Que ſuis-je, encore une fois ?

PHILIPPE.

Encore, — ma foi, votre rang de Lieutenant à part,... vous... vous êtes un honnête-homme.

LE LIEUTENANT.

Imbécille que tu es !.... je ſuis pauvre,.... infortuné.

PHILIPPE.

Pour l'amour du Ciel, Monſieur le Lieutenant, qu'eſt-ce qui vous manque ?

LE LIEUTENANT.

Tout !....

PHILIPPE.

Tout !.... Ne ſuis-je pas à vous ! Et n'eſt-ce rien que de me poſſéder ?

LE LIEUTENANT.

Tais-toi, je n'ai pas l'eſprit diſpoſé à entendre tes plaiſanteries.

PHILIPPE à part.

Cela devient ſérieux !.. Tournons la caſaque : (haut.) Monſieur le Lieutenant, vous ſavez que je ſuis votre véritable Sancho-Pança, — un bon garçon qui vous eſt fort attaché, qui a la même facilité à rire qu'à pleurer ; mais, dans ce moment, je ne plaiſante pas. Au ſurplus, un fidelle & honnête ſerviteur, qui, depuis dix ans eſt avec vous, qui a ſouffert à votre ſuite le froid & le chaud, & ſupporté la bonne & la mauvaiſe fortune ; un tel valet peut dans l'occaſion dire un petit mot à ſon maître : —feu Monſieur votre père... je ne ſaurois m'empêcher de pleurer, quand je penſe à ce brave homme.

LE LIEUTENANT.

Tu pleures, & peu s'en faut que je ne verſe auſſi des larmes....

PHILIPPE.

Monfieur votre père en mourant vous a recommandé à ma perfonne : . . . . . vous étiez un petit Monfieur de dix ans ; vous étiez cadet gentilhomme... Mon garçon, me dit-il, tu m'es attaché, je le fais, ... moi j'ai fini de vivre ; . . . treize bleffures, mon fils que voici, & mes équipages, font toute ma fortune. J'emporte mes bleffures, mais je te lègue le refte.... Voilà en un feul article tout mon teftament ; il me ferra la main & expira. Or obfervez, Monfieur le Lieutenant, que je ferois le dernier des miférables, fi je n'étois pas un fidelle exécuteur teftamentaire.... Quelle mine ferois-je, fi au jour du jugement il me difoit : mon garçon ! comment as-tu exécuté mes dernières volontés ?——Non, Monfieur le Lieutenant, je fuis obligé de répondre de vous.

LE LIEUTENANT.

Toi, répondre de moi ! —— un homme répondre d'un autre ! —— va, mon ami, tu es fou, tu ne connois pas les hommes.

PHILIPPE.

Non pas les livres qui en parlent ; mais j'ai fuffifamment appris à les connoître au grand livre de l'expérience.

LE LIEUTENANT.

Ainfi tu fais qu'ils font prefque tous d'une diffimulation bien voifine de la fauffeté.

PHILIPPE.

Non pas vous, Monfieur le Lieutenant, très-certainement.

LE LIEUTENANT.

Tu me connois donc?

PHILIPPE.

Comme moi-même.

LE LIEUTENANT.

Ha, ha, ha.

PHILIPPE.

De quoi riez-vous donc, Monsieur?

LE LIEUTENANT.

De ta simplicité; tu ne me connois guère, si tu ne me connois pas mieux que toi.

PHILIPPE.

Oh! cela seroit plaisant, si je ne me connoissois pas moi-même.

LE LIEUTENANT.

Non, te dis-je. — Nous dépendons de tout ce qui est en nous & hors de nous; nos tempéramens éprouvent-ils la moindre variation; nos idées, nos inclinations, nos goûts, nos passions même changent avec eux; enfin, tout change à tous momens : le meilleur caractère est sujet à cette influence, & le moral n'en est pas plus exempt que le physique. Nous voulions agir d'une façon, la minute d'après nous prenons un parti tout différent. — Je t'ordonne à présent de faire mon portemanteau. Je suis fermement résolu de partir... oui, oh oui : bien déterminé à faire, hélas! d'éternels adieux; à ne pas risquer l'humiliation d'un refus

pour

pour posséder cette jeune & charmante personne ; —
& cependant ! cependant, grands Dieux ! que ferai-je ?
je n'en sais encore rien. (*il se jette dans un fauteuil.*)

PHILIPPE *étonné.*

Quoi ! tout change, dit-il, d'une minute à l'autre ?...
Il faut que je m'assure de cela. (*il goûte avec beaucoup
de réflexion son morceau de fromage.*) Ma foi je le
trouve aussi bon que tantôt ; (*il boit un coup de vin.*)
excellent comme tout-à-l'heure ! Ces jeunes gens !
voilà de leurs idées ! Oh, pour le coup, Monsieur
le Lieutenant, je vous tiens au mur, il faut vous
rendre ; si tout changeoit, notre fromage & notre vin
changeroient aussi : or goûtez vous-même... ne me
faites plus des contes de fées, & rendez-vous à ce que
mon maître d'école appelle *argumentum ad hominem.*

LE LIEUTENANT.

Allons, ne m'échauffe pas la bile ; va, te dis-je,
& fais nos paquets.

PHILIPPE.

Vous verrez qu'il faudra que je cède. Voilà bien
encore un des tours de ce chien d'amour. Heureu-
sement il ne peut rien sur le vin & le fromage.....
(*il sort.*)

LE LIEUTENANT *seul.*

Y a-t-il une situation plus malheureuse que la
mienne ? Tourmenté par l'amour & par la raison,
comme un vaisseau par la tempête ; comme lui sans
voiles ni pilote, je dépends du hazard & non de la
prudence. J'aime une personne adorable, qui m'auroit
fait trouver le bonheur suprême dans ce monde ; ...
j'en suis aimé à mon tour : mais je ne saurois la

F

la poff* éder, parce que je n'ai ni rang ni fortune.....
Il eft bien cruel de toucher de fi près à la félicité
fans pouvoir l'atteindre!... Comme il fe moqueroit
de moi, ce bon Confeiller, fi j'allois lui demander fa
fille! & quand je pourrois me réfoudre à la mendier...
oui, mendier.... c'eft le feul terme convenable à ma
pofition; aurai - je l'obligation de toute ma fortune
à une femme?.... Cette femme eft Wilhelmine!
eh, fût-ce un féraphin, fes perfections ne peuvent
excufer en moi une baffeffe, encore moins la juftifier...
Ainfi, courage, courage, mon foible cœur, courage
encore une fois & partons.

PHILIPPE *apporte un porte - manteau, deux
uniformes & du linge.*

A vos ordres, Monfieur le Lieutenant.

LE LIEUTENANT.
Voilà qui eft bien, dépêche-toi.

PHILIPPE.
Oh ces chiffons feront bientôt rangés. — Quand
faudra-t-il feller les chevaux?

LE LIEUTENANT.
A trois heures précifes.

SCÈNE X.

Les précédens, LOUISE.

LOUISE.

MONSIEUR le Lieutenant, toute la compagnie eft
affemblée, on n'attend plus que vous.

LE LIEUTENANT.

Quoi l'on m'attend : j'y cours. (*à part.*) Je vais donc la voir pour la dernière fois : allons, ferme, mon cœur. (*il veut partir. Philippe lui offre quelques mouchoirs.*) Pourquoi ces mouchoirs ?

PHILIPPE.

Je prévois que ce fera un meuble néceffaire, car les adieux feront humides.

LE LIEUTENANT *les lui jette à la tête.*

Tiens, homme infenfible.

SCÈNE XI.

PHILIPPE, LOUISE.

LOUISE.

Qu'est-ce que cela veut dire ?

PHILIPPE *ramaffe les mouchoirs.*

Tenez, un, deux, trois, quatre, cinq & fix, jufte notre demi-douzaine de mouchoirs fins.

LOUISE.

Que voulois-tu qu'il en fît ?

PHILIPPE.

Vous ne voyez donc pas que je fais nos paquets ? nous partons : mon maître prendra congé immédiatement après le dîné ; & comme j'ai de bonnes raifons pour croire que cela ne fe paffera pas fans beaucoup de larmes, je voulois qu'il fît provifion de mouchoirs.

F 2

LOUISE.

Comment, vous voulez partir si promptement ?

PHILIPPE.

Oui, Mademoiselle, aussitôt dit, aussitôt fait ; (*avec le ton de la douleur*) & puisque cela ne sauroit être autrement, adieu, chère bouteille, (*il boit.*) adieu pour la dernière fois : porte-toi bien, & vous aussi, charmante Louise. (*il veut l'embrasser.*)

LOUISE *le retient.*

Plaisanterie à part, Monsieur Philippe, vous partez aujourd'hui, là.... férieusement ?

PHILIPPE.

Ma foi oui.

LOUISE.

Et vous êtes de si belle humeur !

PHILIPPE.

Que voulez - vous ? il faut être maître de soi : ne croyez pas cependant que je sois insensible, rien moins que cela, je vous jure ; mais voici mon calcul. Si la séparation nous cause du chagrin, le retour nous rend à la joie : voilà sur quoi je compte, & sur des circonstances plus heureuses.... Car voyez-vous, Mademoiselle, lorsque je reviendrai, & que je vous dirai : vous voulez de moi, je veux de vous ; quand je vous montrerai cette bourse, aujourd'hui si plate, toute ronde de ducats & de beaux écus d'or.

LOUISE.

Oui, mon cher Philippe, tout cela seroit bel & bon si nous y touchions d'un peu plus près, je vous dirois aussi : tu veux de moi, je veux de toi.

PHILIPPE.

D'honneur? Eh bien, voilà qui est clair. Maintenant considérez, ma chère Louise, que les mariages sont écrits dans le ciel, & que le nôtre apparemment n'est pas encore parvenu à sa maturité, puisqu'il faut que je parte.

LOUISE.

Il faut bien y consentir, si cela ne peut être autrement.

PHILIPPE.

Vraiment oui.

LOUISE.

Vous allez du moins venir à l'office nous dire adieu.

PHILIPPE.

Bien entendu, mon cher cœur.

LOUISE.

Nous avons des macaronis, ne tardez pas ; en attendant je dirai, comme de coutume, ce qui est différé n'est pas perdu.

SCÈNE XII.

PHILIPPE seul.

COMME elle est alerte ! Si je n'étois pas plus raisonnable qu'elle, où en serions-nous ? Le cœur d'une femme se gagne aussi vîte que la fièvre, & n'est pas plus facile à guérir : c'est dommage que le quinquina n'agisse pas sur l'un comme sur l'autre. (il prend le porte-manteau & sort.)

ACTE III.

Dans l'hôtel de M. de Renald.

SCÈNE PREMIÈRE.

FRÉDERIC *sortant d'un côté de la salle à manger,*
LOUISE *sort d'un autre côté.*

FRÉDERIC.

C'EST à crever de rire : ha, ha, ha.

LOUISE.

Que se passe-t-il donc de si plaisant ?

FRÉDERIC.

Je vous dis que c'est à étouffer.

LOUISE.

Et quoi donc ?

FRÉDERIC.

Oh, pour ce dîné là, je ne l'oublierai de ma vie.

LOUISE.

N'oubliez pas non plus, je vous prie, que je suis fille, & partant.....

FRÉDERIC.

Curieuse, n'est-ce pas ?

LOUISE.

Puisque vous le savez, pourquoi me faire languir ?

FRÉDERIC.

Ah ! ah ! de l'humeur ! ce n'eſt pas là la clef de mon ſecret : avec une petite careſſe, peut-être.....

LOUISE.

Eh bien, mon cher Fréderic : dites-le moi, je vous en conjure.

FRÉDERIC.

De tout mon cœur, ma chère Louiſe : vous allez tout ſavoir.... Vous vous rappelez bien que M. le Conſeiller a eu ce matin une vive altercation avec Madame.

LOUISE.

Oui, à cauſe des ſix plats.

FRÉDERIC.

Et à cauſe du mariage de Mademoiſelle.

LOUISE.

Comment ! il ſe trame ici un projet de mariage ſans ma participation ?

FRÉDERIC.

Vraiment la trame étoit bien ourdie, mais le Conſeiller en a coupé les fils.

LOUISE.

Tant pis, c'eſt pour moi une robe neuve de moins.

FRÉDERIC.

Que vous ne voudriez pourtant pas porter aux dépens du bonheur de vos maîtres. — Si je vous en croyois capable......

LOUISE.

Fi donc! eh comment pourriez-vous avoir cette opinion de moi? Vous favez combien j'aime mes maîtres.

FRÉDERIC.

C'eft ce que vous pouvez faire de mieux.... Enfuite nouveau bruit à caufe de notre jeune maître, qui veut à toute force être officier.

LOUISE.

Ma foi, c'eft le vrai ballot de cet écervellé.

FRÉDERIC.

Comment écervellé !

LOUISE.

Oui, un bouillant libertin, qui en prend par-tout où il en trouve.

FRÉDERIC.

C'eft à-peu-près la méthode de tous les jeunes officiers. —— Mais, Mademoifelle Louife, qui vous a mis fi bien dans la confidence des efpiègleries de notre jeune maître? Seroient-ce par hazard ces fous-lieutenans qui font ici dans le voifinage?

LOUISE.

Allez, vous êtes fou !

FRÉDERIC.

Ah ! Louife, fi c'étoit eux. ——Fi, fi : une fille qui familiarife avec les jeunes officiers ne vaut pas un fenin.

LOUISE.

Monfieur Fréderic, ayez la bonté d'être plus honnête.

FRÉDERIC.

De qui l'auriez-vous donc appris ? Ce n'eft certainement pas de ce lieutenant au fervice d'Hollande.

LOUISE.

Oh non, en vérité, car celui-là feroit mieux de prendre le petit collet que de porter l'épée, tant il eft doux & pofé.

FRÉDERIC.

C'eft un très-aimable & très-brave cavalier. M. le Confeiller l'aime & l'eftime beaucoup. — Pour fon domeftique Philippe, c'eft un plaifant original.

LOUISE.

Ne parlez point mal de Philippe, ce n'eft pas un fournois comme vous.

FRÉDERIC.

Non, parbleu, c'eft un brave garçon, un garçon qui a vu le monde, qui a fenti la poudre à canon, (*à part.*) en gardant les bagages.

LOUISE.

C'eft toujours une bonne chofe d'avoir un peu couru le monde ; — au refte, laiffons-là Philippe, & dépêchez-vous de finir l'hiftoire avant qu'on forte de table.

FRÉDERIC.

Oh ! j'ai tout le temps : on ne la quittera pas avant que ce gros Major & le Confeiller confiftorial ne foient un peu collés, ils n'en font encore qu'à la douzième bouteille. — Or, fachez que les chofes en font venues au point que mon maître a interdit fa maifon au Colonel & à madame de Smerlou fa sœur ; ils font fortis auffitôt : mais la Freule, qui tombe en foibleffe pour peu qu'elle entende quereller, a tant flatté, careffé, prié fon papa, qu'il s'eft laiffé fléchir, & qu'il les a fait inviter de nouveau à fon dîner de fix plats. La Freule qui ne demandoit pas autre chofe, s'eft chargée bien vîte de l'invitation. —— Crac, la voilà partie plus légère qu'une biche, & revenue en moins de rien avec le Colonel & l'appendice.

L o u i s e.

Quel eft ce Monfieur-là ? je ne le connois pas.

F r é d e r i c.

Que tu es ignorante ! un appendice n'eft pas un homme, mais ce qui tient à fa perfonne ; par exemple, l'homme eft l'*opus*, la femme eft l'*appendice*. —— Il en eft de même du Colonel & de fa sœur.

L o u i s e.

Ainfi, le Colonel eft l'appendifque.

F r é d e r i c.

Dis donc appendice ; c'eft un vrai fupplice de vous entendre, vous autres ignorantes, eftropier nos mots fcientifiques.

L o u i s e.

J'y ferai plus d'attention déformais. —— Continuez toujours.

F r é d e r i c.

Notre maître a attiré le Confeiller intime dans l'embrafure d'une croifée.

LOUISE.

Celui qui porte une perruque de laine, des fouliers carrés & cette longue, longue vefte.

FRÉDERIC.

Aujourd'hui il en a une plus longue, & par conféquent plus belle encore qu'à l'ordinaire : elle repréfente un potager fruitier ; il a de plus des bas tout neufs, couleur des boues de Paris. Mon maître & lui tournoient le dos à la porte, & continuant toujours de parler, ils ne firent pas femblant de voir entrer le Colonel & fa fuperbe fœur. — Il falloit voir la mine alongée de la grand'Dame : — elle avoit beaucoup de l'air d'un coq-d'inde qui apperçoit un habit écarlate.

LOUISE.

Je donnerois beaucoup pour l'avoir vu.

FRÉDERIC.

Un petit moment après, fans fe tourner, mon maître ordonna de fervir. — On apporta la foupe & l'on fe mit à table. — Vous fentez bien qu'on s'étoit déjà arrangé pour les places ; mais notre maître fit des difpofitions toutes différentes. La très-noble & très-haute Dame Madame de Smerlon fut placée entre un Référendaire des plus roturiers, & un Bailli de village qui defcendoit de cheval. — C'étoit une chofe tout-à-fait plaifante de la voir occupée fans ceffe à relever les extrémités de fa robe, pour l'empêcher de fe falir.

LOUISE.

Ha, ha, ha ; & la Freule ?

FRÉDERIC.

Monſieur le Chambellan vouloit s'aſſeoir à côté d'elle : mais ſon père donna ſa droite au Lieutenant hollandois, & ſa gauche à ſon frère Guſtave.

LOUISE.

Et le Chambellan ?

FRÉDERIC.

Il fut honorablement flanqué du gros Major & du Conſeiller du directoire, qui le preſſèrent vivement de boire ; ce dont il s'excuſa ſur certain régime qu'il ne pouvoit enfreindre, & pour cauſe. Il laiſſa d'abord paſſer un plat, enſuite un autre ; mais voyant enfin qu'il n'arrivoit pas de petits pieds, il s'accommoda des mets bourgeois. —— Le Major jura ſon gros juron. « Que la foudre, dit-il, m'atteigne d'auſſi loin que la courſe d'un lièvre chaſſé pendant dix ans, ſi depuis mon retour de la Poméranie j'ai mangé d'auſſi bon Bœuf fumé, & d'auſſi délicieuſe Saurcraute.

LOUISE.

A plat de Poméranie, juron Poméranien, cela eſt en règle.

FRÉDERIC.

Madame de Smerlon faiſoit la grimace comme un écureuil qui a caſſé une noiſette vide. —— La Freule & le Lieutenant étoient muets comme des carpes ; mais leurs yeux, à ce qu'il m'a paru, étoient éveillés comme des ſouris.

LOUISE.

Je ne m'étonne plus qu'on m'ait dépêché ſi promptement vers M. le Lieutenant.

FRÉDERIC.

Je parie ma part de pain-bénit de dimanche, que le Lieutenant & la Freule font amoureux l'un de l'autre.

LOUISE.

Attends, je fonderai Philippe fur cela.

FRÉDERIC.

Oh oui, il vous dira grand'chofe !

LOUISE.

Affurément, car il eft le dépofitaire de l'argent, du linge, des habits, & fans doute auffi des fecrets de fon maître.

FRÉDERIC.

Et vraiment c'eft pour cela même que tu n'en tireras rien ; car la garde-robe de fon maître eft fi légère que s'il ne gardoit pas fes fecrets, il n'auroit rien à garder. Au dernier fervice, madame de Smerlon parla beaucoup de favoir vivre, de s'abaiffer & de s'élever dans le monde : elle ne finiffoit pas....... Le Confeiller d'Etat bouilloit d'impatience & lançoit des traits mordans ; mais quand ce vint à parler mariage, l'aigreur réciproque augmenta..... (*On fonne dans la falle à manger.*) Oh, oh, le Confeiller confiftorial a fans doute vidé la dernière bouteille ; il faut.... (*Fréderic veut fortir.*)

LOUISE *le retenant.*

Attendez donc, votre hiftoire n'eft pas finie.

FRÉDERIC.

Non, mais je ne puis en confcience laiffer crier la foif à ce révérend perfonnage. (*il part vîte.*)

SCÈNE II.

LOUISE *seule.*

Ha, ha! Monfieur le Lieutenant, & vous, Mademoifelle de Renald, — couple charmant, en vérité, & furtout bien afforti! L'un eft ufufruitier de dix écus de gages par mois, & l'autre propriétaire de cent mille écus de dot. — Non, non, mon cher Monfieur, la grappe eft trop groffe & ne mûrit pas pour vous.

SCÈNE III.

LOUISE, PHILIPPE.

LOUISE.

Comment, Monfieur Philippe, déjà en équipage de voyageur?

PHILIPPE.

Oui, botté & éperonné, fauf le proverbe....

LOUISE.

Ecoutez donc, il fe pourroit qu'on vous l'appliquât.

PHILIPPE.

Je le voudrois : auffi-bien ne nous refte-t-il pas une poignée de fourrage pour nos chevaux.

LOUISE.

Ni un morceau de fromage pour vous.

PHILIPPE.

Affez pour notre route : — enfuite....

LOUISE.

Enfuite, vous tirerez le diable par la queue, jufqu'à ce que le tréforier paie.

PHILIPPE.

Oh que nenni : une fois arrivés, nous ne manquerons plus de rien ; 1°. nous avons nos couverts mis chez certaines marchandes Hollandoifes, riches, de bonne humeur, &....

LOUISE.

Et.... & qui ne laiffent point manquer les jeunes officiers de piftoles, ni leurs écuyers de vin & de fromage.

PHILIPPE.

C'eft ainfi, ma belle, qu'on tire les vers du nez des payfans de votre village ; ils ne favent ni parler ni fe taire ; mais nous, nous fommes difcrets, & nous ne faifons pas les avantageux.

LOUISE.

Je vous en félicite, & furtout je vous loue de votre difcrétion fur la nouvelle conquête de votre maître.

PHILIPPE.

Sur la nouvelle conquête ! Et quelle eft donc cette conquête ?

LOUISE.

Vous, qui ne vous laiffez pas tirer les vers du nez comme les payfans de mon village, vous qui êtes fi modefte, qui ne faites pas parade de vos triomphes, fans doute vous ignorez cela, ou du moins vous le feignez ; mais nous qui fommes franches , & qui n'aimons pas le myftère , nous difons tout. Sachez donc, qu'ainfi que le modefte M. Philippe a fubjugué la folle Louife ; ainfi, monfieur le Lieutenant, également modefte, a trouvé le fecret de joindre à fes trophées Hollandois, la conquête de Mademoifelle de Renald.

PHILIPPE.

Comment ! mille démons : ha ! ha ! vous m'ouvrez les yeux.

LOUISE.

En vérité ! à préfent feulement ? — fans moi le fuperfin monfieur Philippe ne s'en feroit pas apperçu plutôt ?

PHILIPPE *fe frappant le front.*

Que je fuis un grand benêt !

LOUISE.

La civilité m'empêche de vous contredire.

PHILIPPE.

Voilà donc la fource de nos larmes ; — c'eft donc là ce qui nous donnoit tant d'humeur, ce qui nous rendoit fi mélancolique.

LOUISE.

C'eft pour cela qu'à la promenade nous aimions fi fort à nous donner le bras, c'eft pour cela que nous nous jetions des regards fi tendres ; enfin, c'eft pour cela que nous faifions fi bien notre cour à Monfieur le Confeiller & à Madame la Confeillère d'Etat.

La

PHILIPPE.

La Freule l'aime donc auffi ?

LOUISE.

Eh ! quelle fille peut réfifter à un joli officier, jeune, lefte, fait au tour, dans un galant uniforme bien vergeté, garni de belles épaulettes d'or ?

PHILIPPE.

Pourquoi diable partons-nous donc, puifque nous avons de fi beaux châteaux à bâtir ?

LOUISE.

On ne les conftruit pas fi promptement ici, mon cher Philippe ; je penfe que ton maître fait fagement de s'en tenir à fes Hollandoifes : une auffi riche héritière que la Freule de Renald n'eft pas le lot d'un pauvre diable de Lieutenant qui n'a pas le fol.

PHILIPPE *avec feu.*

Qu'eft-ce que cela veut dire ?

LOUISE.

Eft-ce que vous n'entendez pas la langue ?

PHILIPPE.

Oui, mais les mauvaifes langues, je ne me foucie pas de les entendre. Je vous le paffe encore pour cette fois, Mademoifelle ; mais n'y revenez plus....

LOUISE.

J'y reviendrai. Comment ! le Confeiller de Renald feroit affez fimple pour donner fa fille avec cent mille écus, à un Lieutenant au fervice d'Hollande : allons donc, vous êtes fou.

G

PHILIPPE.

Que la foudre m'écrafe! Il la donnera. Et pourquoi ne la donneroit - il pas? — Un brave officier peut afpirer à tout; il peut prétendre à toutes les filles du monde : à la fille du Grand-Mogol, s'il en eft aimé, entendez - vous cela, Mademoifelle la mal-avifée?

LOUISE.

Ha, ha, ha, un lieutenant gendre du Grand Mogol!

PHILIPPE.

D'un lieutenant! d'un lieutenant on peut faire un Feld - Maréchal. — Mais avec tous fes tréfors mademoifelle de Renald reftera mademoifelle de Renald tout court.... & mon maître ne fe pendra pas s'il ne l'obtient. — Au furplus, j'approuve fon départ; il eft trop fier, il a trop d'élévation dans l'ame, pour confentir à devoir toute fa fortune à une femme.

LOUISE.

Point d'impertinence, Mons Philippe.

PHILIPPE.

C'eft vous qui les dites, Mis Louife, & de ce moment tout eft dit entre nous deux.

LOUISE.

Ha, ha, ha.

PHILIPPE.

Oui, c'eft une affaire finie.

LOUISE à part.

J'ai pouffé la plaifanterie trop loin avec ce bon

diable.... (*haut.*) Ah ça, mon cher Philippe, ne soyez pas si vif.

PHILIPPE.

Que me voulez-vous ? Laissez-moi tranquille.

LOUISE.

C'est donc ainsi que tu traites ta chère Louise ?

PHILIPPE.

Je ne connois plus d'amitié d'abord qu'on insulte mon maître.

LOUISE.

C'étoit pour rire, mon cher Philippe ; tiens, touche-là.

PHILIPPE *sans la regarder lui tend la main.*

Tout cela ne mène à rien.

LOUISE.

Fi, que cela est vilain ! Si tu n'es pas plus galant à présent, que sera-ce donc quand nous serons mari & femme ?

PHILIPPE.

Moi ton mari : .... jamais.

LOUISE.

Oh que si.... tu ne fais pas ce que je veux faire pour toi.

PHILIPPE.

Toi !... pour moi !... je ne veux pas de tes services.

LOUISE.

Ecoute, Philippe, j'ai fait un petit plan.

G 2

PHILIPPE.

. Une femme, & un plan !

LOUISE.

Tu te moques, je crois ? Il y a eu des femmes qui ont donné des plans de batailles.

PHILIPPE.

J'ai vu auffi un perroquet qui parloit prefqu'autant qu'une femme : — les miracles forment exception, mais ne font jamais règle.

LOUISE.

Faquin : trève d'impertinences !.... Bref, mon plan eft fait ; tu écris bien, tes billets doux font d'un bon ftyle. ...

PHILIPPE.

Ha, ha, ha : eh qu'entends-tu par un bon ftyle ?

LOUISE.

Je veux dire la manière, la façon d'écrire, enfin je parie que tu as fait tes claffes. —Je voudrois donc que tu ne fiffes qu'accompagner ton maître, & que tu revinffes tout de fuite ; dans l'intervalle je difpoferois le Confeiller à faire de toi un fecrétaire de régence.

PHILIPPE *s'éloigne.*

Moi, griffonneur de procès.... moi, fecrétaire de régence.

LOUISE.

. Et pourquoi pas ?... D'un fecrétaire on fait quelquefois un Confeiller intime. Il arrive tant de chofes dans ce monde ! Tel qui couroit après le carroffe, y roule maintenant. (*elle le retire à foi.*) Allons, la paix.

SCÈNE IV

Les précédens, FRÉDERIC.

FRÉDERIC.

VOULEZ-VOUS vous féparer, race du diable, voilà le Confeiller qui arrive.

LOUISE.

Viens, viens, mon petit mignon ; n'eft-ce pas que tu aimes ta Louife, & que tu en feras madame la fecrétaire? (*Philippe la quitte avec un peu d'humeur, fort d'un côté & Louife de l'autre.*)

FRÉDERIC *pendant qu'ils s'en vont.*

Ah! coquine, je m'étois toujours douté que ce Hollandois alloit fur mes brifées ; mais patience, fi je vous y retrouve, je tombe fur vous comme Samfon fur les Philiflins.

SCÈNE V.

LE CONSEILLER DE RENALD, FRÉDERIC.

M. DE RENALD *en dedans de la fcène.*

FRÉDERIC, Fréderic.

FRÉDERIC.

Me voici, Monfieur le Confeiller, me voici.

G 3

M. DE RENALD *ayant la ferviette à la boutonnière.*

Cours vîte dire qu'on porte le café dans le jardin, fans quoi tout ce monde me tomberoit ici fur le corps. (*Fréderic fort.*) Ils finiront par me prefcrire, combien de fois par femaine je dois changer de linge. — Mais la glace eft rompue actuellement, & je fuivrai mon plan, ou j'y périrai.

SCÈNE VI.

M. DE RENALD, LE CONSEILLER PRIVÉ, LE CONSEILLER CONSISTORIAL ET LE MAJOR. (*Ces deux derniers font un peu gris, mais pas ivres.*)

LE MAJOR *ouvrant la porte.*

VENEZ, venez, Meffieurs, voilà notre compère... Mais,... mais, Compère, de par tous les diables, vous êtes auffi pétulant que moi lorfque mon bataillon ne marche pas en ligne, ou que fon feu n'eft pas bien roulant.

LE CONSEILLER PRIVÉ.

Mon cher Collègue, il faut favoir mettre des bornes à fon reffentiment.

LE CONSEILLER CONSISTORIAL.

La colère eft une ivreffe dangereufe ; c'eft l'ivreffe de l'ame, une ivreffe qui trouble les facultés fenfitives & intellectuelles, une ivreffe qui....

LE MAJOR.

Si je comprends cela, je veux être moulu en poudre à canon : ha, ha, ha, l'ivreffe de l'ame,.... oh, cela eft tout neuf; car de ma vie je ne l'ai entendu dire. — Par où diable votre ivreffe d'ame viendroit-elle donc ? par l'oreille ou par le nez ? Allons, Monfieur le favant, empaquetez cela, c'eft mauvais, archi-mauvais.

LE CONSEILLER CONSISTORIAL.

Vous prenez la chofe dans le fens matériel.

LE MAJOR.

Et vous, vous la préfentez fens deffus deffous.

LE CONSEILLER CONSISTORIAL.

Mais, cher Major, vous changez déjà les idées.

LE MAJOR.

Idées, idées, qu'appelez-vous idées ? — Croyez-vous, Monfieur, que je ne fache rien entendre ?... N'ai-je pas appris ces manœuvres fi difficiles auffi-bien qu'aucun officier de l'armée? — je vous conduirois une attaque auffi favamment que le Prince Eugène, fi le cas l'exigeoit. Penfez-vous donc qu'on puiffe être de l'Etat major fans avoir une bonne caboche ?

LE CONSEILLER PRIVÉ.

Doucement, Meffieurs, doucement : vous reprochez aux autres leur vivacité; & vous vous emportez au milieu de votre leçon.

LE MAJOR.

Au diable! je voudrois voir quel train vous feriez fi l'on vous refufoit l'efprit & le jugement.

LE CONSEILLER CONSISTORIAL.

Je n'ai pas fongé à cela, Monfieur le Major. (*M. de Renald, toujours penfif, a déchiré fa ferviette en mille piéces, le Confeiller Confiftorial s'en apperçoit.*) Mais, qu'eft-ce que cela? Que faites-vous, Monfieur le Confeiller?

M. DE RENALD.

Moi.... pardonnez! excufez!... je penfois....

LE CONSEILLER CONSISTORIAL.

Étranges penfées que celles qui, produifent de pareils effets. Eh, mon Dieu! eh....

M. DE RENALD.

Pardon: je croyois encore tenir certaine lettre de ce matin.

LE MAJOR.

Mille élémens! Compère, un fi beau morceau de linge n'eft pas une cartouche crevée; mais qu'eft-ce qui vous trouble donc ainfi la tête, notre ami?

M. DE RENALD.

C'eft que... c'eft que mon dîner n'étoit pas du goût du Chambellan.

LE MAJOR.

Folie que cela! Que cet étourdi mange la litière de mes chevaux en falade, fi les bons ragoûts Allemands ne lui conviennent pas: — je vous promets, morbleu, que ce feroit le moindre de mes foucis.

LE CONSEILLER PRIVÉ.

Se fâcher de la forte au fortir de table, cela eft très-dangereux.

LE CONSEILLER CONSISTORIAL.

Non, cela ne vaut rien ; la colère empêche la digeſtion. — Mais je m'imagine que vous ayez tout autre choſe en tête : n'eſt-ce pas ? — Je parie que ces propoſitions de mariage de madame de Smerlon.

LE MAJOR.

Oui, elle a fait là une ſotte propoſition : je ne vous blâme pas, mon cher Compère, de vous en trouver offenſé.

LE CONSEILLER PRIVÉ.

Et ſon idée de vouloir faire un militaire d'un jeune homme qui a ſupérieurement bien fait ſes études...

LE MAJOR.

De par tous les diables, n'allez-vous pas dire auſſi que cette idée eſt auſſi ſotte que la première ?

LE CONSEILLER PRIVÉ.

Ce n'eſt pas abſolument cela que je voulois dire.

LE MAJOR.

Auſſi, par un million d'éclairs, je ne vous le conſeillerois pas.

LE CONSEILLER CONSISTORIAL.

Ne ſauriez-vous donc vous défaire de cette vilaine manière de jurer à chaque mot que vous dites ?

LE MAJOR.

Non, Monſieur ; & je vais vous apprendre quelque choſe. Ayez toujours beaucoup plus de confiance dans les perſonnes qui jurent, que dans celles qui ont ſans ceſſe le nom de Dieu à la bouche : je tiens cette maxime de l'aumônier du régiment, qui sûrement eft tout auffi favant qu'un autre.

LE CONSEILLER CONSISTORIAL.

Oh, oui.... ce doit être un grand homme ; & l'on reconnoît, à de pareils propos, ces prétendus évangélifeurs qui paffent les nuits à jouer & à gobeloter, pour fe préparer à leur fermon du lendemain..... De tels hommes ne s'embarraffent guère fi leurs maximes font orthodoxes , pourvu qu'elles foient conformes aux goûts du fiècle ; & ils dépouillent la religion de fes vêtemens refpectables, pour l'habiller à la mode.

LE CONSEILLER PRIVÉ.

C'eft bien dit. — Vous autres meffieurs les Militaires vous en voulez toujours aux Eccléfiaftiques... Laiffez chacun dans fon état & dans fon caractère ; que chacun agiffe fuivant fa confcience. — Mais pour revenir à mon texte,.... c'eft un bon Publicifte que vous voulez faire du jeune de Renald, n'eft-il pas vrai, mon cher Collègue ?

LE MAJOR.

Il n'entend ni ne voit. (*en fecouant M. de Renald.*) Hé, compère.

M. DE RENALD *tout diftrait.*

Vous avez raifon, Meffieurs, une partie de Tarot ou de Tri-fept vous amufera davantage : vous avez raifon, les tables font déjà préparées dans le jardin.

LE MAJOR,

Qui diable a penfé aux Tarots ?

SCÈNE VII.

Les précédens, WILHELMINE.

WILHELMINE.

C'EST bien joli, Messieurs, de me laisser toute seule à la table de café.

LE CONSEILLER PRIVÉ.

Nous vous suivons, Mademoiselle.

LE MAJOR.

Venez, Conseiller, qu'est-ce que cela signifie ? Dites à vos idées noires, dites comme moi, demi-tour à gauche ; marche.

M. DE RENALD.

Excusez, Messieurs, j'ai encore une petite bagatelle à terminer.

LE CONSEILLER CONSISTORIAL.

Cela ne vaut rien non plus ; ... il ne fait pas bon travailler immédiatement après les repas.

M. DE RENALD.

La chose presse, mais elle sera bientôt terminée ; je suis à vous dans un instant.

LE CONSEILLER PRIVÉ.

Dans ce cas allons, Messieurs.... Un père de famille a des affaires où la présence des étrangers est au moins superflue.

LE CONSEILLER CONSISTORIAL.

Il a de l'humeur maintenant ; mais après la pluie, le beau temps.

LE MAJOR *bas à Willelmine.*

Mademoiselle, un mot : tâchez de nous amener votre papa, car il eſt de fort mauvaiſe humeur.

WILHELMINE.

Oui, malheureuſement, & depuis très-long-temps.

LE MAJOR.

Allons donc, Meſſieurs, marche. Ce galant homme eſt tout hors des rangs ; mais qu'il vienne ſeulement parmi nous, il ſera bientôt remis : — en avant....
marche....

LE CONSEILLER PRIVÉ.

Doucement, doucement, Meſſieurs, hâtez-moi lentement ;... la goutte n'eſt pas ſi prompte à exécuter le commandement. (*ils ſortent.*)

SCÈNE VIII.

M. DE RENALD, WILHELMINE
un peu éloignée.

M. DE RENALD *après une longue pauſe.*

Est-ce là ta deſtinée, homme honnête? Eſt-ce là cette félicité domeſtique ? Sont-ce là ces plaiſirs de père & d'époux ? Eſt-ce là la récompenſe due à l'utile citoyen? (*il s'aſſied & ſe relève un moment après.*)

Hélas ! hélas ! (*il apperçoit sa fille.*) Que me veux-tu, toi qui es aussi du complot ?

WILHELMINE.

Mon père !

M. DE RENALD.

Allez. . . .

WILHELMINE.

Que vous ai-je fait, mon cher père ?

M. DE RENALD.

Ce que tu m'as fait ? —   u'est-ce qui m'a prié, supplié, tourmenté si s   . & si long-temps ; qui ne m'a donné aucun repos jusqu'à ce que j'aye rouvert ma maison à toute cette race insolente ?

WILHELMINE.

C'est moi, mon père ; mais dans la meilleure intention du monde.

M. DE RENALD.

C'est toi, dont le cœur de colombe, toujours prêt à se fendre, pour peu qu'on regarde de travers ton très-cher oncle & ta très-honorée tante. . . .

WILHELMINE.

Je pensois que le bon accord entre parens. . . .

M. DE RENALD.

C'est à la vérité la chose la plus desirable ; mais s'il en coûtoit le repos à ton père, si cette famille orgueilleuse empoisonnoit chaque instant de sa vie, alors l'amour filial t'imposeroit-il un moindre devoir ?

WILHELMINE *à ſes pieds.*

Le plus fort, le plus ſacré, mon père, le plus cher à mon cœur. Que je ſois punie par la perte de votre amitié, de votre tendreſſe, (& ce ſeroit pour moi le plus cruel des ſupplices,) ſi jamais....

M. DE RENALD.

Lève-toi, lève-toi.

WILHELMINE *ſe lève.*

Vous me pardonnez donc ?

M. DE RENALD.

Tu vois, ma chère fille, dans ce moment-ci, le père tendre, le père indulgent, mais garde-toi à l'avenir d'abuſer de ſes bontés.

WILHELMINE.

Jamais, mon cher père, non jamais je n'en abuſerai.

M. DE RENALD *la preſſe contre ſon cœur.*

Ah! ma fille, ſi tu n'étois pas ſelon mon cœur, que je ſerois malheureux! — Où eſt ton frère ?

WILHELMINE.

Il ſe promène avec le Colonel & le Chambellan.

M. DE RENALD.

Ils méditent enſemble quelque mauvaiſe action : ah le drôle !

WILHELMINE.

De grâce, Papa, voyez mon frère avec plus d'indulgence.

M. DE RENALD.

L'inſenſé veut troquer ſa robe de juriſte contre un uniforme ; & mener enſuite une vie ſcandaleuſe.....

Mais tu te trompes, mon petit Monfieur,...je faurai bien te mettre à la raifon.

SCÈNE IX.

Les précédens, Mme DE RENALD.

Mme DE RENALD.

MON cher ami, ne veux-tu donc pas joindre la compagnie ?

M. DE RENALD.

Non, non, mon enfant, fais mes excufes, j'ai des affaires à terminer.

Mme DE RENALD.

On s'en formalifera, mon cher.

M. DE RENALD.

Non pas mes amis : pour les autres, qu'ils penfent ce qu'ils voudront, cela m'eft égal.

Mme DE RENALD.

Tu n'es cependant pas fâché contre moi ?

M. DE RENALD.

Non, ma chère amie, la paix eft bien faite : cependant à table tu aurois pu prendre un peu moins de part aux extravagances de tes chers parens. J'avois peur d'une récidive ; il étoit temps, mon amie, que tu revinffes à toi.

Mme DE RENALD.

Ne le crains jamais ; mais, dis-moi, pourquoi es-tu fi prévenu contre le Chambellan ?

M. DE RENALD.

Tu veux des raisons ? à la bonne heure. Sache
donc que c'est un fat : qu'à coup sûr il a un mauvais
cœur : & que ma fille ne doit être la femme ni d'un
fat, ni d'un méchant. (*en se retournant vers Wilhelmine.*)
Le voudrois-tu ?

(*Wilhelmine s'effraye.*)

Mme DE RENALD.

Eh bien ! répond.

WILHELMINE.

Non, mon père, non : plutôt mourir.

SCÈNE X.

Les précédens, FRÉDERIC, ensuite LE SELLIER.

FRÉDERIC.

Monsieur, il y a là dehors un Sellier qui
voudroit avoir l'honneur de vous dire un mot.

M. DE RENALD.

Qu'il entre. (*Fréderic sort.*) Ainsi, mon Cœur, pas
un mot de plus pour le Chambellan. Wilhelmine
ne le veut pas pour mari, ni moi pour gendre. Je
n'aurois jamais eu la moindre liaison avec lui, sans
les égards que j'ai cru devoir montrer pour le Prince,
auprès duquel il s'est introduit, parce qu'il flatte
ses passions & caresse ses foiblesses. Mais cela peut
changer d'un moment à l'autre, aussi vîte que je

tourne

tourne la main. La faveur des Souverains reſſemble
à la ſaiſon d'Avril. —— Qu'il la perde, il pourra alors
chercher le chemin de l'Amérique, ou, à l'exemple
d'un plus fameux Chambellan que lui, faire commerce
de ſa religion, & en changer ſept fois, pour éviter
ſept fois de mourir de faim. . . . (*au Sellier qui entre.*)
Que me voulez-vous, maître Léger ?

LE SELLIER.

Sauf votre reſpeĉt, M. le Conſeiller d'État, je
voulois informer votre Excellence que madame de
3merlon m'a ordonné un carroſſe de parade pour ſon
Excellence M. le Général, & je l'ai fait, ſans ſavoir
comme cela s'arrange.

M. DE RENALD.

Je n'en ſais rien non plus. ——Eh bien ?

LE SELLIER.

La voiture eſt livrée, à telles enſeignes que ſon
Excellence s'en eſt déjà ſervi pour aller à la cour ;
mais les deux cens louis d'or qui m'ont été accordés
pour cette voiture ne me ſont pas livrés de même.

M. DE RENALD.

Deux cens louis d'or ! Cette voiture eſt donc
bien belle ?

LE SELLIER.

Oh, c'eſt un plaiſir de la voir, ſauf votre reſpeĉt.
Comme cela eſt ſuſpendu ! Comme cela roule ! Or
donc mes deux cens louis devoient m'être payés ce
matin par madame de Smerlon, mais ſon Excellence
m'a remis à demain. —— Ne voilà-t-il pas des gens

H

qui me font peur, & qui me difent tout nettement
que je n'ai qu'à faire mon deuil de cette créance.

M. DE RENALD *à fa femme.*

Que dites-vous de cela, mon Cœur?

Mme DE RENALD *hauffant les épaules.*

Rien du tout.

LE SELLIER.

Mais comme madame de Smerlon & votre Excellence font proches parens, fauf votre refpect, elle
m'a fait fentir, d'un air affez lefte, qu'elle n'auroit
qu'à faire prendre l'argent ici.

M. DE RENALD.

Elle a dit cela? (*à fa femme.*) De mieux en mieux.

LE SELLIER.

Oui, M. le Confeiller d'Etat, & je viens pour
m'informer fi fon Excellence vous a remis cette
fomme.

M. DE RENALD.

Elle ne l'a fait, ni ne le fera.

LE SELLIER.

Elle n'a donc pas de fonds chez votre Excellence?

M. DE RENALD.

Pas un denier.

LE SELLIER.

O mon Dieu! je ne faurois m'imaginer que cette
grande Dame veuille dépouiller un pauvre ouvrier.

M. DE RENALD.

Pourquoi auffi, vous autres gens de métier, ne
vous informez-vous pas avant de faire crédit?

LE SELLIER.

Hélas, mon Dieu ! M. le Conseiller, ce sont presque toujours des personnes de si haute qualité & pour qui nous autres ouvriers devons avoir tant de respect, que nous croirions manquer à nos devoirs si...... Et puis il n'est pas écrit sur leur front si ce sont des fripons ou d'honnêtes gens, sauf votre respect. Mais pour Dieu ! que dois - je faire, M. le Conseiller ?

M. DE RENALD.

Il faut attendre à demain.

LE SELLIER.

Mais, grand Dieu ! s'ils n'ont rien aujourd'hui, ils n'en auront pas davantage demain, sauf votre respect.

M. DE RENALD.

Cela se pourroit bien.

LE SELLIER.

Monsieur ne payera donc pas pour eux ?

M. DE RENALD.

Pas un sol.

LE SELLIER.

Pardon de cette question. Je proposois cela par respect pour votre Excellence; mais si vous ne voulez pas me payer, dès demain j'attaque Madame de Smerlon en justice, & je fais saisir ses meubles, sauf votre respect.

WILHELMINE *suppliante.*

Mon Père !

M. DE RENALD.

Taifez-vous.... (*au Sellier.*) Vous verrez demain ce que vous devrez faire.

LE SELLIER.

J'attendrai jufqu'à demain, & j'attendrois bien plus long-temps encore, fi votre Excellence vouloit me donner fa parole.

M. DE RENALD,

Je ne m'engage à rien du tout.

LE SELLIER.

Ainfi, fauf votre refpect, je cours droit chez l'Avocat, je lui fais dreffer une plainte, duffe-je perdre dix fournitures.

M. DE RENALD.

Quelles fournitures ?

LE SELLIER.

Elle m'a promis les fournitures des régimens de Sorlem & de Waldeck.

M. DE RENALD.

Mais c'eft votre Juré qui a ces fournitures ; ces régimens font fort contens de lui ; c'eft moi qui dirige leurs affaires, & il n'y a pas quatre jours que j'ai fait paffer un nouvel accord avec lui.

LE SELLIER.

Voyez donc, pour Dieu, quel micmac, fauf votre refpect ; elle devoit demain auffi me donner fur ces fournitures deux cens écus d'arrhes : ils m'ont bien l'air de coucher avec les deux cens louis d'or. — Et moi, fot que je fuis ! je me moquois déjà du gros

Juré de notre communauté. Ah ! pauvre, pauvre homme ! tu t'es bien laiſſé gourer. — J'aurois dû me ſouvenir de l'habit de gala en gage chez le juif Abraham ; mais ſur mon ame, je ne lui ferai pas de quartier. De ce pas je cours chez l'Avocat, & ſi je je puis toucher mon argent, je veux que le diable m'emporte, ſauf votre reſpeÇt, ſi je fais crédit d'une croupière au plus grand ſeigneur de la cour. Adieu, M. le Conſeiller. (*il part.*)

SCÈNE XI.

M. DE RENALD, Mme DE RENALD, WILHELMINE.

M. DE RENALD.

QUELLE complication de baſſeſſes !

Mme DE RENALD.

C'eſt un vrai malheur ; mais, mon cher, encore pour cette dernière fois, je te ſupplie de ne pas laiſſer inſulter ma tante par ce groſſier perſonnage.

M. DE RENALD.

Elle mérite ce qui lui arrive.

WILHELMINE.

Mon cher, mon bon Papa !

M. DE RENALD.

Et toi auſſi... As-tu déjà oublié mon inſtruÇion ? Sais-tu que deux cens louis d'or ne ſont pas deux chiffons de blondes qu'on puiſſe jeter au vent ?

H 3

WILHELMINE.

Je fuis affez raifonnable pour le fentir ; mais, mon Papa, la confervation de l'honneur de nos parens !.... Si vous le permettiez je vendrois mes robes, mes bijoux, enfin tout ce que je poffédé pour leur épargner un fi cruel affront. Le permettez-vous, Papa?

M. DE RENALD *touché*.

Tu tiens mal ta parole, cela eft contre nos conventions ; tu m'attaques par mon endroit fenfible.

WILHELMINE.

Par l'excellence de votre cœur, n'eft-il pas vrai, mon cher Papa? Oui j'ofe vous fupplier de payer encore cette feule fois.

M. DE RENALD.

A la bonne heure ; mais à une condition. (*il s'affied & écrit.*) La leçon ne leur nuira pas, & me procurera du repos.

Mme DE RENALD.

Ma fille, peu s'en faut que je ne fois jaloufe.

WILHELMINE.

De quoi donc, Maman ?

Mme DE RENALD.

Je n'aurois pas obtenu cela de ton père.

WILHELMINE.

Pardonnez-moi, Maman, il eft auffi bon mari qu'excellent père.

M. DE RENALD *ouvre son secrétaire, prend une bourse d'argent & la pèse de la main.*

Si par ce moyen je puis m'en débarrasser, mon argent ne sera pas mal employé ; mais il faut qu'ils en aient la peur. — Ah ; les voici. Ces gens ont des pressentimens ; je crois, sur mon honneur, qu'ils sentent l'or à mille pas.

SCÈNE XII.

Les précédens, Mme DE SMERLON, LE COLONEL.

Mme DE SMERLON.

EN vérité, voilà une bien jolie façon de vivre ! Monsieur, Madame & Mademoiselle sont dans leur appartement, & les convives sont d'un autre côté chargés de pourvoir seuls à leur amusement. Bravo, M. le Conseiller !

M. DE RENALD *imitant le Sellier.*

Mais, sauf votre respect, ma noble Dame, j'avois quelques affaires à terminer, sauf votre respect.

Mme DE SMERLON.

Singulier langage !

M. DE RENALD.

Je viens de l'apprendre à l'instant même, sauf votre respect.... Comme cela est suspendu ! Comme cela roule ! sauf votre respect. ... Son Excellence s'en est déjà servi pour aller à la cour.

H 4

LE COLONEL.

Vous ne fentez donc rien ? — Je parie que le Sellier eft venu ici..... Je me doutois bien qu'il y auroit quelque quiproquo.

Mme DE SMERLON.

Monfieur mon frère !

LE COLONEL.

Hé bien ! hé bien !

Mme DE SMERLON.

M. le Confeiller , expliquez-vous mieux.

M. DE RENALD.

Puifque vous l'ordonnez , Madame, fauf votre refpect, le maître Sellier eft venu ici, fauf votre refpect, pour s'informer à combien fe montoient les rentes des capitaux que votre Excellence avoit placés chez moi , & il fe réjouit fort, fauf votre refpect, des fournitures que vous lui procurez.

Mme DE SMERLON.

Ce drôle-là n'eft qu'un fot.

M. DE RENALD.

En effet , ce drôle ne fait pas vivre, fauf votre refpect, car à l'inftant il va vous faire affigner.

LE COLONEL.

Nous y voilà , & c'eft encore un de ces tours qui me feront donner au diable.

Mme DE SMERLON.

Vous l'avez laiffé partir dans ces difpofitions ?

M. DE RENALD.

Pourquoi pas ? Votre Excellence ne m'avoit pas encore ordonné de le payer, sauf votre respect.

Mme DE SMERLON *se jette dans un fauteuil.*

Que je suis malheureuse !

WILHELMINE.

Ma chère tante !

Mme DE SMERLON.

Laissez - moi tranquille.

M. DE RENALD.

Ne repoussez pas votre bienfaitrice ; c'est à elle que vous avez l'obligation du dernier service que je vous rends. Madame, voici de l'or : vous m'avez accoutumé à réparer vos folies, je réparerai encore celle - ci. M. le Colonel, signez ce billet, & l'argent est à vous.

LE COLONEL *prend le billet, lit, se dépite & le jette à terre.*

Que je signe cela ! non, par ma mort.

M. DE RENALD.

J'en suis charmé pour vous, Monsieur.

Mme DE SMERLON *se lève précipitamment & ramasse le billet.*

Voyons.

,, *Nous soussignés, promettons & nous obligeons l'un &*
,, *l'autre, & l'un pour l'autre, de ne jamais mettre les*
,, *pieds dans la maison de M. de Renald, au moyen de*
,, *cinq cens louis d'or que nous avons reçu de lui.* ,,

M. DE RENALD *lui montre la bourse.*

Voici l'or, & voilà de l'encre & une plume.

Mme DE SMERLON.

Et voici ma réponse. (*elle déchire le billet.*) Cette insulte est par trop forte : mais tremblez, Mons Conseiller, frémissez de ma vengeance..... Je suis femme.

M. DE RENALD.

Je le vois.

Mme DE SMERLON.

Et une femme offensée.... Ma vengeance sera cruelle ; j'ouvrirai sous vos pas des mines qui vous feront sauter plus haut que vous ne voulez nous faire descendre.

M. DE RENALD.

Je contre-minerai.

Mme DE SMERLON.

Je ne remettrai pas le pied dans votre maison, non : je jure de n'y pas rentrer avant de vous avoir puni ; tous les moyens me seront bons, pourvu que je me venge.

SCENE XIII.

M. DE RENALD, Mme DE RENALD, WILHELMINE, LE COLONEL.

M. DE RENALD.

Ha, ha, ha; tout ce qu'elle voudra, pourvu que j'en sois débarrassé. — Pourquoi pleurez-vous, Mes dames ?

Mme DE RENALD.

Tu es un homme bien dur.

M. DE RENALD.

Je suis las de vous céder toujours, & de me laisser amuser par vous toutes, comme un sot écolier.

WILHELMINE.

Vous m'aviez cependant promis.....

M. DE RENALD.

Cela est vrai, ne lui ai-je pas offert plus encore que je n'avois promis ?

WILHELMINE.

Mais à quelles conditions, mon Papa !

M. DE RENALD.

Elle n'en mérite pas d'autres.

LE COLONEL *qui est resté au fond de la scène à se promener en long & en large.*

Monsieur le Conseiller, j'ai deux mots à vous dire en particulier.

M. DE RENALD.

Mes dames, allez joindre la compagnie.

WILHELMINE *prenant sa main.*

Mon Papa !

Mme DE RENALD.

Je te prie, je te conjure par notre amour, par notre tendresse mutuelle.....

M. DE RENALD.

Eh bien, qu'est-ce encore ? Que voulez-vous ?

WILHELMINE.

Permettez que nous reſtions ici.

M. DE RENALD.

Allez, les femmes ſont de trop entre deux hommes qui ont à s'expliquer.

Mᵐᵉ DE RENALD *en ſortant, à ſa fille.*

Viens, ma fille..... (*au Colonel.*) Monſieur le Colonel, c'eſt mon mari.... (*à M. de Renald.*) Mon ami, ſongez que le Colonel eſt mon oncle.

LE COLONEL.

Je ne l'ignore pas.

SCÈNE XIV.

LE COLONEL, M. DE RENALD,

M. DE RENALD.

Qu'EST-CE qu'il y a pour votre ſervice, monſieur le Colonel ?

LE COLONEL.

Je me trouve offenſé.

M. DE RENALD.

Je ſuis charmé que vous le ſentiez !

LE COLONEL.

Je ſuis homme & ſoldat.

M. DE RENALD.

Ce ſont deux circonſtances que vous ſembliez avoir oubliées depuis long-temps.

LE COLONEL.

Il eſt queſtion du moment préſent.

M. DE RENALD.

Eh bien ! que prétendez-vous ?

LE COLONEL.

Je penſe qu'il n'y a qu'un parti à prendre.

M. DE RENALD.

Celui de nous battre...., n'eſt-ce pas ?

LE COLONEL.

Celui-là ſeul, & vous l'avez deviné.

M. DE RENALD,

Cela ſe peut.

LE COLONEL *met ſon chapeau.*

Expliquez-vous, Monſieur.

M. DE RENALD.

Je n'ai point de chapeau à la main, ſans quoi j'imiterois votre politeſſe. — Vous voulez une explication, voici la mienne.... Je ſuis magiſtrat, mari & père.... je ne veux ni ne puis me battre, parce que je ne veux ni ne dois expoſer ma patrie à perdre un citoyen utile, ma femme ſon époux, & mes enfans leur ſoutien.

LE COLONEL.

Mauvaiſes raiſons, foibles excuſes.

M. DE RENALD.

A vos yeux peut-être, parce que vous n'avez ni les ſentimens d'un père, ni ceux d'un époux ; parce

que vos préjugés vous font méconnoître le devoir
qui prescrit à l'homme en place de veiller à sa con-
servation pour le bonheur public. Dans mon esprit,
le Duelliste réfléchi est le plus grand des criminels,
je ne connois pas de supplice assez rigoureux pour
lui. Je parle d'un duel prémédité.... mais si l'envie
vous prenoit de m'attaquer hors de chez moi, vous
verriez, Monsieur, si je sais me défendre. (*très-froi-
dement.*) Actuellement, monsieur le Colonel, ôtez
votre chapeau, s'il vous plaît. Je ne souffrirai point
d'impolitesse dans mon cabinet.

LE COLONEL.

Mais, Monsieur, que prétendez-vous donc faire
de moi ? (*il ôte son chapeau.*) Je sens la force de vos
raisons, mais, de par tous les diables, je ne saurois
m'y rendre.

M. DE RENALD.

Peut-être le pourrez-vous, lorsque vous aurez
entendu ma seconde résolution. — Mon billet vous
a offensé, n'est-ce pas ?

LE COLONEL.

Oui, sur mon ame !

M. DE RENALD.

Si vous l'aviez signé, j'aurois blâmé l'Etat d'avoir
prostitué son uniforme.

LE COLONEL.

Halte-là, Monsieur, (*mettant la main à son épée.*)
vous me forcez à me faire raison de gré ou de force.

M. DE RENALD.

Et vous, Monfieur, à faire entrer mes gens....
Point de vivacité, M. le Colonel, point d'emporte-
ment : — je fuis enchanté cependant de vous voir
prendre feu... bref, vous n'avez pas figné le billet.

LE COLONEL.

J'aurois été le plus plat des hommes.

M. DE RENALD.

J'en conviens ; mais par cela même que vous vous
y êtes refufé, que vous m'avez jeté ce chiffon aux
pieds ; j'ai fenti, excufez ma franchife, j'ai fenti,
pour la première fois, de l'eftime pour vous.

LE COLONEL.

Pour la première fois ?

M. DE RENALD.

Oui, pour la première fois..... Vous difiez tout-
à-l'heure que vous étiez homme & foldat.....
Convient-il à un homme, à un foldat, d'être l'efclave
d'une femme ? (*après un filence.*) Vous ne me répondez
pas, mais vous m'entendez. — Et de quelle femme
encore ? Ce n'eft ni votre époufe ni votre maîtreffe ;
celles-là du moins font en poffeffion, finon en droit
de nous tyrannifer : ce n'eft que votre fœur, une
extravagante que vous nourriffez par charité, & qui,
par reconnoiffance, vous ruine & vous rend la fable
de toute la ville.

LE COLONEL.

Monfieur, je me battrai avec vous.

M. DE RENALD.

Comme vous voudrez.

LE COLONEL *à part.*

Mais non, ce seroit tuer son médecin......
touchez-là, Monsieur.

M. DE RENALD.

Voici ma main : je veux bien être votre médecin,
si vous voulez être homme. Je n'approfondirai point
comment votre sœur est parvenue à vous subjuguer.
Foiblesse de votre part, & folie de la sienne. Bref, il
est temps de mettre fin à cette tyrannie.

LE COLONEL.

Elle finira, ou Dieu me damne, elle finira.

M. DE RENALD.

Commençons donc ; & nous reussirons, si toutefois l'envie de me tuer ne vous reprend pas.

LE COLONEL *lui sautant au col.*

Vous, Monsieur, vous dont j'attends ma cure &
mon salut !

M. DE RENALD.

Brisons là-dessus : demain matin vous viendrez
avec tout votre bagage loger chez moi, & vous
abandonnerez à Madame votre très-haute & très-
puissante sœur sa maison délâbrée ; elle y aura pour
compagnie les portraits de ses illustres ancêtres, &
les rats qui rongent ses parchemins ; elle garnira sa
table, aussi souvent qu'elle pourra les trouver à
crédit, de ses dix-huit plats en trois services ; vous,
Monsieur, vous vous contenterez de mes six plats
bien payés.   LE

LE COLONEL.

Homme trop généreux ! comment pourrai - je reconnoître....

M. DE RENALD.

Ne m'interrompez point. Vous pourriez vivre honorablement avec vos appointemens ; mais fi vous en avez touché deux années d'avance., fi pour acquitter une dette vous avez befoin d'en hypothéquer deux autres, alors cela eft impoffible. Je veux, ou plutôt je defire être votre Intendant ; . . . . . donnez - moi l'état de vos dettes, je les liquiderai, je me rembourferai fucceffivement : & avant cinq ans vous ferez dans une heureufe pofition.

LE COLONEL.

Mon véritable ami !

M. DE RENALD.

Doucement ! tenez , voici cinq cens louis ; je ne vous demande plus, comme tantôt, ni fignature ni quittance : allez payer le Sellier & vos dettes criardes.

LE COLONEL.

Monfieur, je ne faurois accepter cette fomme ; je fuis déjà votre obligé par -deffus la tête,

M. DE RENALD.

Actuellement vous pouvez... vous devez l'accepter.

LE COLONEL *prend la bourfe.*

Dieux ! & j'ai méconnu fi long-temps ce galant homme !

I

M. DE RENALD.

Il vaut mieux se repentir tard que jamais .....
allez, mon cher Colonel, allez.

LE COLONEL.

Je ne le puis, — il faut que je verse des larmes,
que je pleure comme une femme.

M. DE RENALD *l'accompagne jusqu'à la porte.*

Bon, bon; allez, mon cher..... (*le Colonel part.*)
Sauver un honnête-homme de sa ruine, le tirer des
griffes d'une furie. .... je suis content de moi.....
je suis heureux.

SCÈNE XV.

M. DE RENALD, (*& au moment qu'il veut sortir,
arrive*) LE CHAMBELLAN.

LE CHAMBELLAN.

Avant de prendre congé, Monsieur le Conseiller...

M. DE RENALD.

Votre serviteur, vous voulez déjà nous quitter?

LE CHAMBELLAN.

Son Altesse veut faire un tour à cheval aussitôt
après son diner, & je dois l'accompagner.

M. DE RENALD.

Cela est différent, le service des Princes doit
marcher avant tous les amusemens, si tant est que
vous vous amusiez chez moi.

LE CHAMBELLAN.

J'aurois plus à me féliciter d'y être venu, s'il vous avoit plû de prendre en meilleure part la proposition qu'un heureux hasard avoit inspiré à madame de Smerlon.

M. DE RENALD.

Je suis fâché, Monsieur le Chambellan, de ne pouvoir pas répondre aux intentions honorables que vous avez sur ma maison.

LE CHAMBELLAN.

Vous ne pouvez pas, Monsieur, dites plutôt que vous ne voulez pas.

M. DE RENALD.

Comme il vous plaira, Monsieur.

LE CHAMBELLAN.

Brisons là-dessus.

M. DE RENALD.

Avec plaisir.

LE CHAMBELLAN.

Son Altesse m'a chargé...

M. DE RENALD.

J'attends ses ordres avec respect : — prenez place, Monsieur. (*il s'assied.*)

LE CHAMBELLAN.

Je suis fâché d'être obligé de vous occuper d'affaires après votre dîner.

M. DE RENALD.

Je reconnois, comme je dois, cette attention.

LE CHAMBELLAN.

Son Altesse m'a chargé de vous dire qu'elle desireroit voir finir l'affaire de la veuve du Fermier & de l'Employé. Monseigneur s'intéresse vivement pour ce dernier.

M. DE RENALD.

J'ai lieu d'en être étonné; Son Altesse n'ignore pas l'injustice des prétentions de cet Employé : je la lui ai démontrée, ainsi que le bon droit de la veuve qu'on veut dépouiller.

LE CHAMBELLAN.

Que vous soyez étonné ou non, M. le Conseiller, cela est égal; mais telle est la volonté absolue du Prince.

M. DE RENALD.

Je suis fâché de ne pouvoir, dans cette occasion, me rendre aux volontés de Son Altesse.

LE CHAMBELLAN.

Comment! vous ne ferez pas la volonté du Prince?

M. DE RENALD.

Non, Monsieur.

LE CHAMBELLAN.

Je vous prie de me donner des raisons, & non pas un refus sec.

M. DE RENALD.

Ma raison, c'est qu'en pareille matière le Prince ne doit point avoir de volonté.

LE CHAMBELLAN.

Il ne doit point !

M. DE RENALD.

Non, Monfieur, il ne le doit point. Sa volonté,
c'eft la loi, & il ne peut en avoir d'autre.

LE CHAMBELLAN.

Et fon autorité, que deviendra-t-elle ?

M. DE RENALD.

Il la conferve, en confervant la loi.

LE CHAMBELLAN.

Je croyois le Prince au-deffus de la loi.

M. DE RENALD.

Il peut en faire de nouvelles, il peut abolir les
anciennes ; mais tant qu'elles fubfiftent, il ne peut
y porter aucune atteinte : je ne puis le fouffrir, je
fais mon devoir en refufant d'obéir au Prince, &
par-là je fais plus pour fon autorité, qu'en me
foumettant à fes injuftes volontés.

LE CHAMBELLAN.

Vous vous oubliez, Monfieur.

M. DE RENALD.

Jamais je ne m'oublie, Monfieur, en parlant de
mon Prince & de la loi.

LE CHAMBELLAN.

Vous ferez donc exécuter votre jugement ?

M. DE RENALD.

Au pied de la lettre. La veuve reftera en paifible
jouiffance du bail que le défunt Seigneur lui a continué

I 3

par un article de son testament : & sa partie adverse, l'Employé, débouté de sa demande, paiera tous les frais. Il méritoit pis encore, car c'est un coquin, qui, pour s'enrichir, vouloit réduire à la plus affreuse misère une pauvre veuve, mère de six enfans mineurs, dont ce bail est l'unique bien.

LE CHAMBELLAN.

Dois-je faire ce rapport à Son Altesse ?

M. DE RENALD.

Assurément. Ajoutez-y que si elle veut rendre son peuple vertueux, il faut qu'elle en donne l'exemple : tout Prince qui ne respecte point la loi, & qui viole la justice, ouvre la porte à tous les crimes.

LE CHAMBELLAN.

Son Altesse a, dans sa bibliothèque, un assez grand nombre de traités de morale ; elle préfère de les lire elle-même à se les entendre réciter.

M. DE RENALD.

Je fais des vœux pour que, non contente de les lire & de les entendre, elle se plaise à en suivre les préceptes.

LE CHAMBELLAN.

Et le valet de chambre de Dona Valetti ?

M. DE RENALD.

Seroit pendu, si j'étois disposé à faire pendre quelqu'un ; mais pour un pareil garnement, qui a volé avec effraction & médité un assassinat, la mort seroit une punition trop douce. Demain on lui pro-noncera sa sentence, demain il sera fouetté & marqué, demain il fera enchaîné à la brouette & voiturera la boue de la ville. Ce fera en même temps une punition & un exemple ; je joins toujours l'un à l'autre quand il eſt poſſible.

LE CHAMBELLAN.

Savez - vous au ſervice de qui eſt cet homme ?

M. DE RENALD.

Vous venez de nommer ſa maîtreſſe.

LE CHAMBELLAN.

Et ne ſavez - vous pas ſur quel - pied elle eſt avec Son Alteſſe ?

M. DE RENALD.

N'allez pas plus avant, je ne le ſais que trop ; mais je ne penſe pas que vous prétendiez qu'une foibleſſe du Prince devienne un motif d'injuſtice ; j'en rougirois pour vous : au ſurplus, Monſieur, ce que vous pourriez me conſeiller, comme Courtiſan, je ne ſaurois l'exécuter comme Juge.

LE CHAMBELLAN.

Ainſi ce pauvre diable, malgré ſes protections, fera....

M. DE RENALD.

Enchaîné à la brouette demain, ſous les fenêtres de Dona Valetti.

LE CHAMBELLAN.

Vous n'êtes pas toujours ſi ſévère, Monſieur le Conſeiller. N'y auroit - il pas là quelque petite animoſité particulière contre la maîtreſſe de ce pauvre garçon ?

M. DE RENALD.

Vos questions, Monsieur le Chambellan, sont offensantes ; je ne hais pas cette créature, je la méprise, mais ce mépris n'a aucune influence sur ma sentence. En un mot, quand ce drôle seroit le valet de chambre du premier Ministre, celui de Son Altesse elle - même, il n'en iroit pas moins à la brouette ; l'état du criminel ne diminue pas le crime, & la loi ne doit pas être une toile d'araignée où les petites mouches se prennent, & au travers de laquelle les grosses puissent trouver passage.

LE CHAMBELLAN.

Eh bien, ce drôle sera la grosse mouche, & il percera votre toile.

M. DE RENALD.

Vous le croyez, Monsieur ?

LE CHAMBELLAN.

Certainement. J'ai l'honneur de vous déclarer que Son Altesse veut absolument le souftraire à la justice, que j'ai ordre de vous le dire de la part de Monseigneur, qui en a donné sa parole à Dona Valetti.

M. DE RENALD.

Son Altesse n'est pas obligée de tenir une parole qu'elle n'a pas dû donner.

LE CHAMBELLAN.

Savez-vous que tant de résistance pourroit enfin vous coûter votre place ?

M. DE RENALD.

Si je la perds par amour pour la justice, je n'en serai que plus estimable.

LE CHAMBELLAN.

Ainsi vous persistez dans vos jugemens sur ces deux affaires ?

M. DE RENAUD.

Oui, Monsieur, j'y persiste : l'Employé succombera, & le Valet de chambre brouettera.

LE CHAMBELLAN.

Je rapporterai cette conversation avec la plus scrupuleuse exactitude ; je me recommande à vos grâces, Monsieur le très - ferme & très - sévère Conseiller.

M. DE RENALD.

Je suis également tout à vous, Monsieur le très-souple & très-miséricordieux Chambellan.

SCÈNE XVI.

M. DE RENALD seul.

CIEL ! quelle idée un petit courtisan a-t-il donc de la justice ! Et un tel homme est le compagnon assidu des pas de Son Altesse ! il possède toute sa confiance, elle en fait son bras droit ! —— Malheur au peuple dont le prince confie son cœur aux mains d'un fou, & ne voit pas les choses par lui-même ou par les yeux de ses sages ministres ! —— Et cette Dona Valetti : je ne comprends pas où j'ai pris assez de sang froid pour parler si modérément de cette prostituée. Qu'un Etat est bien gouverné quand les courtisannes fe mêlent des affaires & des lois ! . . . de grands Royaumes en ont fait la trifte expérience. — Non, Monfeigneur, ma tête & mon emploi font à vous, mais ma confcience & mon devoir refteront intacts.

SCÈNE XVII.

M. DE RENALD, GUSTAVE,
enfuite FRÉDERIC.

GUSTAVE.

Mon Père, je voudrois mener ma fœur à quelque promenade hors de la ville.

M. DE RENALD.

Hors de la ville, actuellement ?

GUSTAVE.

Oui, mon Père, j'ai envie d'effayer les chevaux neufs.

M. DE RENALD

Et de te caffer le coup à toi & à ta fœur. — Ces chevaux ne font pas encore dreffés.

GUSTAVE.

Oh ! je fais mener, je les contiendrai bien.

M. DE RENALD.

Ils font fougueux, mon Fils, ils fe cabrent, ils ruent, & ne connoiffent point encore le frein.

GUSTAVE.

Qu'eft-ce que cela fait ?

M. DE RENALD.

Tu espères donc en venir à bout ?

GUSTAVE.

J'en suis sûr. S'ils font quelqu'incartade, il n'y a qu'à leur faire sentir qu'on est leur maître, & les flatter quand ils sont doux.

M. DE RENALD.

Alors, tout va dans l'ordre.

GUSTAVE.

Il faut bien que cela aille.

M. DE RENALD.

Écoute, Gustave, tu me donnes là une excellente leçon. Je trouve une singulière analogie entre ta manière de dresser les chevaux & celle de réduire les enfans indociles. Jusqu'à présent je t'ai toujours flatté : je veux essayer maintenant la méthode contraire. Tu ne sortiras pas.

GUSTAVE.

Pourquoi cela, mon Père ?

M. DE RENALD.

Parce que je ne le veux pas.

GUSTAVE.

Voilà comme ils sont tous, ces pères ; ils nous donnent leurs volontés pour des raisons, & l'aveugle obéissance nous tient lieu de libre arbitre.

M. DE RENALD.

Eh bien, drôle !

GUSTAVE.

Je ne fuis plus un enfant.

M. DE RENALD.

Plût à Dieu que tu le fuffes encore ! je pourrois efpérer....

GUSTAVE.

Que je dirois oui à tout ce qu'on exigeroit de moi, & que je baiferois les verges qui me frappent ; fuivant vous, je devrois le faire encore.

M. DE RENALD.

Oublies-tu que je fuis ton père ?

GUSTAVE.

Votre ton me l'apprend de refte.

M. DE RENALD.

Dieux ! que vous empoifonnez la joie dont vous m'avez comblé en me donnant un fils ! — Guftave ! Guftave ! eft-ce là le prix des peines que ton enfance m'a coûtées ? — Eft-ce ainfi que je fuis payé de mes foins pour orner ton éfprit, en te formant le corps ? — Eft-ce là le fruit de l'éducation que tu as reçue à fi grands frais dans les univerfités ?

GUSTAVE.

Vous m'avez repris d'une main, ce que vous me donniez de l'autre. J'ai vécu avec les revenus de mon bien maternel, je ne vois pas que je vous doive pour cela de grands remercîmens.

M. DE RENALD.

Malheureux ! veux-tu que je maudiffe ta mère de t'avoir donné le jour ?

GUSTAVE.

Elle pourroit vous répondre : « pourquoi as-tu
diminué, par de fecondes noces, l'héritage de mes
enfans ? »

M. DE RENALD.

Sors de ma préfence, enfant dénaturé.

GUSTAVE.

Ma mère étoit plus riche que vous.

M. DE RENALD.

Elle a fait naître un monftre en te donnant le
jour. — Vas, fors de ma préfence.

GUSTAVE.

Donnez-moi mon bien maternel, & je m'en irai.

M. DE RENALD.

Et où veux-tu aller ? Que veux-tu faire ?

GUSTAVE.

Je veux aller en Amérique.

M. DE RENALD,

Avec la lie des peuples ? . . .

GUSTAVE,

Il y va auffi de braves & d'honnêtes gens.

M. DE RENALD.

Que leurs affaires y conduifent : quelles font les
tiennes ?

GUSTAVE,

Je ne veux pas moifir ici. J'ai de la moëlle dans
les os, de la force dans les nerfs, & de la cervelle

dans la tête. Je ne veux pas confumer ma vie misé-
rablement dans ce pays-ci.

M. DE RENALD.

Si tu as tant de reffources, emploie-les pour ta
patrie.

GUSTAVE.

Vous ne voulez pas me faire officier.

M. DE RENALD.

Non, tu ne le feras pas.

GUSTAVE.

Pourquoi non? Qu'avez-vous à dire contre cet
état?

M. DE RENALD.

Rien contre l'état, tout contre tes deffeins. Tu
veux endoffer l'uniforme pour reprendre le train de
vie que tu menois avant d'aller aux univerfités ; je
connois tes exçès.

GUSTAVE.

Tout eft exçès à vos yeux. — Cela eft plaifant !
Maintenant que l'âge vous a refroidi & qu'il a glacé
votre fang, il vous eft aifé de philofopher ; quand
j'entends les pères juger nos paffions & blâmer nos
plaifirs, il me femble entendre un aveugle parler &
juger des couleurs : — enfin je veux aller en Amérique ou être officier dans ce pays-ci.

M. DE RENALD.

Et moi je veux que tu entres demain dans les
bureaux de la Régence.

GUSTAVE.

Non, parbleu pas. Pour être aux ordres de chaque
secrétaire, de chaque conseiller privé ; pour copier
ce qu'un autre a rédigé dans un style barbare, avoir
sous les yeux les bêtises que ces ignorans auront
barbouillées, & n'oser les corriger. Réfléchissez, mon
Père, sur mes propositions ; si elles ne vous conviennent pas, je partirai tel que me voici ; avec
ma tête & ma santé, j'irai au bout de la terre.
En attendant je veux absolument me promener en
voiture.

M. DE RENALD.

Non, tu resteras auprès de la compagnie.

GUSTAVE.

Là-bas, avec toutes ces figures gothiques ? Je ne
saurois sympathiser avec elles. Ils n'ont ni élévation
dans leurs pensées, ni énergie dans leurs discours,
ni vigueur dans leurs actions : qu'ils digèrent sur
leurs chaises, je ne m'y oppose pas ; mais moi, il
faut que je respire le grand air, que je secoue mes
jambes, & que je fouette un peu mon sang. Adieu,
mon Père.

M. DE RENALD.

Où veux-tu aller ?

GUSTAVE.

Me promener.

M. DE RENALD.

Sans ma permission ? (il sonne.) je serois curieux
de voir cela. (Fréderic arrive.)

GUSTAVE.

Vous le verrez.

M. DE RENALD.

Fréderic, dites au cocher de ne mettre les chevaux pour perſonne ſans mon ordre, & au ſergent de ville, qu'il ne s'aviſe pas de laiſſer franchir le ſeuil de la porte à Guſtave. Si Monſieur veut employer la force, que le ſergent appelle le cocher & le palefrenier, qu'à eux trois ils le jettent dans une chambre, qu'ils en ferment la porte à double tour, & qu'ils m'en apportent la clef.

FRÉDERIC.

Très-bien, Monſieur. (*il fort.*)

M. DE RENALD,

Maintenant ſecoue tes jambes & fouette ton ſang.

GUSTAVE.

Cela eſt admirable ! me livrer aux valets !

M. DE RENALD.

C'eſt ta faute.

GUSTAVE.

Et ce ſont là des pères ? Non, ce ſont des tyrans. (*il fort.*)

M. DE RENALD.

Eſt-ce bien là mon fils.... Dieu ! grand Dieu ! ne m'écoutes pas ſi je le maudis, ſi je me maudis d'avoir été trop bon, trop indulgent, trop foible envers lui ; mais l'arbre eſt encore jeune, je veux enfin le dreſſer ; s'il ne veut point ployer, qu'il ſe briſe & mon cœur avec lui.

ACTE IV.

ACTE IV.

SCÈNE PREMIÈRE.

WILHELMINE, LE LIEUTENANT.

WILHELMINE.

Ainsi donc, Monsieur veut partir absolument ?

LE LIEUTENANT.

Il le faut bien, le devoir m'y oblige.

WILHELMINE.

Vous pourriez cependant différer ce départ de quelques jours encore. Il ne faut quelquefois qu'un moment pour changer la face des choses.

LE LIEUTENANT.

Non, ma trop chère amie, pour moi rien ne changera. Je resterai l'infortuné Charles, que le sort accable de toutes ses rigueurs.

WILHELMINE.

Ne murmurez point, mon ami, contre le sort ; avec un cœur tel que le vôtre, on ne sauroit être tout-à-fait malheureux.

LE LIEUTENANT.

C'est justement ce cœur, ce cœur trop sensible qui fait mon malheur. Ouvert à toutes les sensations, il n'en éprouve que de pénibles ; chaque jour de ma

K

vie femble marqué par quelque nouvelle difgrace ; plaignez - moi feulement, car de me confoler la peine eft inutile.

WILHELMINE.

Ah, mon cher Charles ! tout homme qui compte avec le fort, charge l'article des maux, & retranche à celui des plaifirs.

LE LIEUTENANT.

Ils m'ont été difpenfés avec trop d'économie pour pouvoir en tenir compte ; le moment même, le premier de mon bonheur, où j'ai lu dans vos yeux tout ce que votre cœur renferme de tendreffe, n'eft-il pas devenu la fource d'une peine interminable ?

WILHELMINE.

Efpérons, mon cher Charles.

LE LIEUTENANT.

Tout efpoir eft perdu pour moi.

WILHELMINE.

Quelle foibleffe !

LE LIEUTENANT.

Qui peut fupporter votre perte ne fauroit paffer pour foible.

WILHELMINE.

Cette perte eft-elle donc tellement décidée, que....

LE LIEUTENANT.

Décidée inévitablement.

W I L H E L M I N E.

Si cela étoit, votre Wilhelmine seroit - elle si tranquille ?

L E L I E U T E N A N T.

C'est une foiblesse de votre aimable sexe, charmante Wilhelmine, mais une foiblesse digne d'envie, d'espérer toujours, même dans les plus grandes adversités.

W I L H E L M I N E.

Eh bien, pour cette fois seulement, ayez cette foiblesse commune avec moi.

L E L I E U T E N A N T.

Volontiers, très-volontiers si j'entrevoyois la moindre apparence ; mais M. de Renald connoît ma situation, il sait que je ne possède autre chose que mon bras & ma bonne renommée, avec lesquels, à la vérité, dans tout autre service que dans celui des paisibles Hollandois, j'avancerois assez promptement ; mais la politique de ces froids spéculateurs est de terminer leurs guerres avec des ducats.

W I L H E L M I N E.

Je les aime à cause de cela, ces bons Hollandois. En effet, une once de sang humain ne vaut - elle pas mieux que dix livres d'or ?

L E L I E U T E N A N T.

Ces sentimens font honneur à votre caractère ; mais mon état ne me permet pas de les adopter : & c'est ce qui me fait sentir encore mieux la distance

K 2

que le fort a mis entre moi qui ne puis efpérer
de rang dans le monde que par des événemens
prefqu'impoffibles, & vous dont la fortune acquife
vous permet de prétendre au rang le plus diftingué.

WILHELMINE.

Le rang le plus diftingué eft rarement l'afyle du
bonheur.

LE LIEUTENANT.

Cette remarque, toute judicieufe qu'elle eft, ne
détruit pas ma réflexion.

WILHELMINE.

Mon père eft trop fage, trop éclairé, trop tendre,
pour ne pas préférer le folide bonheur de fes enfans
à l'éclat d'un vain rang.

LE LIEUTENANT.

Je vous l'accorde, je veux même que votre père
croie faire votre bonheur en vous uniffant à moi :
(*il fe frappe le front*) qu'allois-je dire.... aveugle
que je fuis !... Ne voilà-t-il pas l'efpérance qui
déjà triomphe de ma raifon.

WILHELMINE.

Je croirois prefque que vous trouvez du plaifir à
vous tourmenter ; comment, vous vous obftinez à
chaffer l'efpérance ? Ne s'offrît-elle à vous qu'en
rêve, il ne faudroit point l'interrompre.

LE LIEUTENANT.

Plus ce rêve feroit flatteur, plus le réveil feroit
affreux pour moi. Je voudrois que Monfieur votre
père fût venu, je prendrois congé de lui, & je partirois
accompagné de ma profonde douleur.

WILHELMINE.

Vous exagérez vos douleurs, & vous ne fongez pas feulement aux miennes.

LE LIEUTENANT.

Ah, Wilhelmine ! quelles armes vous prenez contre moi !

WILHELMINE.

Celles de l'amour méconnu, ingrat !

LE LIEUTENANT.

Je ne le fus, je ne le ferai jamais : femme adorée, femme adorable, non je ne méconnois point ton amitié célefte. . . .

WILHELMINE.

Et tu veux partir ?

LE LIEUTENANT.

Quitte le reproche, chère Wilhelmine, fèche tes larmes, ou je meurs à tes pieds.

WILHELMINE.

Tu veux partir ?

LE LIEUTENANT.

Ah ! laiffez-moi la force de vous réfifter.

WILHELMINE *un peu piquée.*

Si cette force eft une vertu, je ne veux pas vous en priver, & j'en aurai affez moi-même pour me féparer de vous. (*elle veut s'en aller.*)

LE LIEUTENANT *l'arrête.*

Où vas-tu, cruelle, où vas-tu ? Dieu ! que deviendrois-je, fi je partois avec ta haine ? ah ! du moins,

K 3

permets-moi la feule réflexion dont je fois capable, enfuite prononce ma fentence.... Tu es trop au-deffus de ton fexe pour que je craigne de t'avouer que je fuis encore plus épris de ta belle ame que de ta charmante figure; je méprife ton or. Avec cette façon de penfer, veux-tu que je rampe devant ton père, que je mendie ta main & ta fortune? — Dis un mot & je m'y foumets.... je ne faurois te poffѐder à un trop haut prix,... mais, fur mon honneur, (*avec la plus forte expreffion.*) la honte d'un refus me coûtera la vie.... Maintenant, parle, & j'obéis.

W I L H E L M I N E *appuyant fa main fur le cœur de Charles.*

O Charles, Charles! quel homme es-tu?.... Et toi auffi, je ne faurois te poffѐder à un trop haut prix..... c'eſt moi, moi, te dis-je, qui te mendierai de mon père.... viens, viens. (*en voulant fortir M. de Renald furvient.*)

S C È N E I I.

M. D E R E N A L D, les précédens.

M. D E R E N A L D.

Eh bien, où allez-vous? — Me voici.... Eſt-il vrai, coufin, que vous voulez partir?

L E L I E U T E N A N T.

Je voulois....

M. DE RENALD.

Vous vouliez... Que fignifie ce ton lamentable?
(*ils les regarde tous deux fixement.*) Mais, que vois-je?
je crois que vous avez pleuré tous deux..........
Enfans que vous êtes! ce n'eft pas pour toujours,...
l'année prochaine vous demanderez encore un congé
de femeftre, & vous refterez quelques mois avec
nous. Dans votre fervice on n'y regarde pas de fi
près; vous êtes pacifiques, vous autres guerriers
d'Hollande, vous tirez auffi peu vos épées que le
petit homme qu'on voit armé fur vos ducats. Ah ça,
mon cher coufin, fi à toute force vous ne voulez pas
vous laiffer retenir, voyagez heureufement, & ne
nous oubliez pas...... Mais comme vous voilà! vous
avez tous deux l'air de deux faints en peinture.....
Avez-vous perdu la parole?

WILHELMINE *aux pieds de fon père.*
Mon Père!

M. DE RENALD.

Eh bien, qu'eft-ce qu'il y a encore de nouveau?...
Je m'en doute... il n'a pas de quoi faire le voyage...
combien vous faut-il? vous n'avez qu'à parler: à
vous, mon ami, je donne avec grand plaifir.

WILHELMINE.
Mon Père, vous avez tant de bonté.

M. DE RENALD.

Je vous le prouve affez fouvent, je penfe.

WILHELMINE.
Oh oui, mon cher Père.

M. DE RENALD.

Et tu m'en demandes une nouvelle marque, n'eſt-ce pas ? Eh bien, lève-toi & parle. Je ne puis ſouffrir ces chiennes de génuflexions.

WILHELMINE.

Nous nous aimons.

M. DE RENALD.

Tant mieux, tant mieux.

LE LIEUTENANT *ſe jetant à ſes pieds.*
Vous conſentez donc....

M. DE RENALD.

Oui donc, oui donc... Ça, que vous faut-il?

LE LIEUTENANT.

Wilhelmine, la ſeule Wilhelmine, & je ſuis le plus heureux des hommes.

M. DE RENALD.

Mes enfans, je ne vous comprends pas, parlez-moi clairement.

WILHELMINE.

Charles m'aime, & j'aime Charles...... Notre félicité dépend de votre conſentement.

M. DE RENALD.

Ha, ha, il eſt queſtion de cet amour que le prêtre doit bénir. — J'aurois dû les deviner au ton lamentable... levez-vous, il n'en ſera rien. (*ils ſe lèvent.*) Voilà une jolie tourterelle, pour ſonger déjà à l'amour ; & vous, Monſieur le Lieutenant, à quoi penſez-vous ? Sur quelle baſe voulez-vous fonder votre établiſſement ? ſur votre hauſſe-col ? Ne rougiſſez-vous pas du projet de n'avoir d'autre

moyen de vivre que le bien de votre femme ?...
Fi ! j'aurois honte de cette feule penfée.

LE LIEUTENANT.

Adieu, Wilhelmine ! (*il fort défefpéré.*)

WILHELMINE,

Charles ! Charles ! pour l'amour de Dieu, mon
Père, courez : il eft homme à tenir fon ferment,
il fe tuera.

M. DE RENALD *court après lui.*

Il auroit bien le diable au corps.

WILHELMINE.

O Dieu ! s'il étoit déjà loin ! je me meurs.....
O Charles ! cher Charles !

(*Le Confeiller revient feul, elle s'en apperçoit, jette un
grand cri, & tombe dans un fauteuil.*)

M. DE RENALD.

Hé, Wilhelmine... ma Wilhelmine !

WILHELMINE *revenant à elle.*

Il eft mort !

M. DE RENALD.

Pourquoi mort ?

WILHELMINE.

Où eft-il?... Où eft-il, mon Père?

M. DE RENALD.

Il va rentrer.

WILHELMINE.

Vous me trompez, mon Père... je fuis perdue.

M. DE RENALD.

J'ai fait courir Fréderic après lui, il l'atteindra bientôt : pour moi, je ne fuis pas affez alerte ; ce fou n'a fait qu'un faut du haut en bas de l'efcalier.

WILHELMINE.

Et delà dans le Danube.

M. DE RENALD.

Il eft officier ; s'il eft affez fou pour fe tuer, il faut qu'il fe brûle la cervelle.

WILHELMINE.

O mon Père, vous raillez , tandis que je meurs de douleur.

M. DE RENALD.

En vérité, je ne faurois m'empêcher de rire ! une fille qui envoie courir fon père après fon amant, & le père qui a la bonté de s'y prêter. (*le Lieutenant arrive.*)

WILHELMINE *vole dans fes bras.*

Le voici ! ah Charles !

M. DE RENALD.

De mieux en mieux ! & tout cela fous mes yeux !... Voulez-vous bien vous féparer ? (*le Lieutenant fe dégage de Wilhelmine.*)

LE LIEUTENANT *froidement.*

Qu'ordonnez-vous , Monfieur ?

M. DE RENALD.

Pourquoi nous avez-vous quitté fi brufquement ?

LE LIEUTENANT,

Parce que je ne fais point fupporter l'humiliation pour quelque caufe & de quelque perfonne que ce foit : votre fille m'eft témoin que ma réfolution avoit précédé vos reproches ; elle peut vous certifier....

WILHELMINE,

Laiffez, Charles, laiffez-moi parler. Ah ! mon Père, fi vous connoiffiez fon excellent cœur, fa noble façon de penfer, fachez que fon amour s'immoloit à la délicateffe ; qu'au moment même où vous êtes entré, Monfieur renonçoit à ma main, parce que fon ame fière ne pouvoit fe prêter à l'idée de devoir fa fortune à une femme.

M. DE RENALD,

Il a fait cela ? (*il fe jette dans les bras du Lieutenant.*) Tiens, prends-là.

WILHELMINE.

O Charles !

LE LIEUTENANT.

Wilhelmine, à moi !

WILHELMINE.

A toi, Charles, pour jamais !

M. DE RENALD *regarde en admirant leur raviffement, il effuie quelques larmes.*

Je ne fuis pas tout-à-fait malheureux, j'ai encore fait le bonheur de deux perfonnes.

LE LIEUTENANT.
WILHELMINE. } *enfemble lui fautent au col.*

O mon père !

M. DE RENALD.

Voilà qui eft bien. Que vous fentiez fi vivement, que vous ne puiffiez même parler, je n'en fuis point furpris. Je fuis un peu plus de fang froid, écoutez-moi.... La bénédiction du Ciel foit avec vous. (*ils s'agenouillent.*) Puiffe votre union être plus heureufe que ne fut la première que j'ai formée... plus heureufe que n'eft mon fecond mariage ! (*il les embraffe tous deux, ils fe lèvent.*) Mon ami, j'ai toujours eu deffein de réparer les torts de la fortune envers toi, je t'ai long-temps obfervé, & j'ai cru trouver en toi l'homme qui pourroit faire le bonheur de ma chère Wilhelmine.

LE LIEUTENANT,

Ah ! Monfieur. Eh ! comment ne le ferois-je pas, ce fera faire le mien.

M. DE RENALD.

Nous difons tous de même avant la noce. Ce n'eft pas tes fermens, c'eft ton ame que j'en crois. ——Vous avez prévenu mes deffeins, je fuis enchanté que vos cœurs fe foient rencontrés, & que vous vous aimiez, vous que j'avois déjà deftinés à vivre enfemble. J'en fuis plus heureux & plus tranquille. ——Mon coufin, & déformais mon fils ; toi qui dois remplacer mon fils unique, (*il verfe quelques larmes, les effuie & reprend :*) je te confie avec ma fille là portion la plus précieufe de ma félicité, la prunelle de mes yeux ; — fi tu ne l'aimes pas auffi tendrement après les premiers momens d'ivreffe, fi tu ne la rends pas auffi heureufe que je le defire & que je l'efpère, tu me feras mourir.

LE LIEUTENANT.

O très-cher & digne Père !

M. DE RENALD.

Paix ! la paffion parle dans ce moment. — Reftez ici enfemble, mes chers enfans ; des amans ont toujours beaucoup & peu à fe dire ; je ne veux pas interrompre vos tendres épanchemens. Dieu vous donne fes bénédictions. (*il trouve en fortant Fréderic.*)

SCÈNE III.

Les précédens, FRÉDERIC.

FRÉDERIC.

Monsieur le Confeiller.

M. DE RENALD.

Qu'eft-ce qu'il y a ?

FRÉDERIC.

Voici un louis d'or.

M. DE RENALD.

Que veux-tu que j'en faffe ?

FRÉDERIC.

Il m'a été offert pour remettre ce billet de M. votre fils au Chambellan.

M. DE RENALD.

De mon fils au Chambellan ?

FRÉDERIC.

Mais j'ai penſé qu'il ſeroit mieux dans vos mains.
Je ne crois pas qu'il contienne de bonnes penſées, car
M. votre fils, en l'écrivant, juroit, peſtoit & briſoit
tout dans la chambre où nous l'avons enfermé.

WILHELMINE.

O mon Dieu ! mon frère en priſon !

M. DE RENALD.

Donnez. (*il prend le billet.*)

FRÉDERIC.

Ce n'eſt qu'une priſon domeſtique, Mademoiſelle.

M. DE RENALD.

Garde le louis, & en voici un autre pour récompenſe de ta fidélité.

FRÉDERIC.

Ah ! Monſieur... (*Fréderic héſite.*)

M. DE RENALD.

Prends, te dis-je. Ainſi donc il peſte & jure.

FRÉDERIC.

Horriblement, il vouloit ſortir à toute force ;
mais le ſergent de ville a refuſé abſolument d'ouvrir.
M. votre fils vouloit uſer de violence ; le ſergent de
ville a ſifflé le cocher, qui eſt vîte accouru pour
prêter main-forte ; mais il a reçu ſur la mouſtache
un coup ſi terrible, que toutes ſes dents en ont été

ébranlées : il n'a pas laiffé, malgré cela, de prendre M. votre fils à braffe corps, & de l'enlever comme un fac d'avoine.

M. DE RENALD.

Cela fuffit. Attendez là-dedans, j'aurai befoin de vous. (*Fréderic fort, M. de Renald décachette le billet.*) Quel complot peut-il avoir formé avec le Chambellan ? je n'en puis bien augurer à en juger par le complice.

WILHELMINE.

Mon cher Papa .. c'eft yotre fils.

LE LIEUTENANT.

C'eft notre frère.

M. DE RENALD.

Ne me priez point pour lui, il a méconnu le père indulgent, il connoîtra le père irrité, & juftement févère.

LE LIEUTENANT.

Permettez que j'effaie auprès de lui les repréfentations amicales.

M. DE RENALD.

Des repréfentations, à lui ! Ne les ai-je pas effayées moi-même. Je fuis defcendu jufqu'à le prier. Non, c'en eft fait.... la rigueur eft déformais un bienfait pour lui ; & quiconque voudroit m'en détourner, feroit fon ennemi & le mien. Ainfi, mes enfans, plus un mot en fa faveur ; voyons ce qu'il y a de concerté entre lui & le Chambellan. (*il déploie le billet & lit :*)

« *Mon cher Chambellan, je ne saurois vous tenir parole,*
» *ni vous livrer ma sœur au Château de plaisance* »...

WILHELMINE.

Me livrer, moi !

LE LIEUTENANT.

Au Chambellan !

M. DE RENALD *continuant de lire.*

« *Mon père m'a refusé de la mener promener ; il*
» *a fait plus, il m'a mis aux arrêts dans sa maison ;*
» *tâchez de me délivrer, nous songerons ensuite à d'autres*
» *moyens.* »

WILHELMINE.

Est-il possible, grand Dieu !

LE LIEUTENANT.

Sa propre sœur !.

M. DE RENALD.

Eh bien, priez donc, intercédez maintenant pour lui ! Essayez les remontrances, les représentations amicales.... Dieux, que faut-il que je fasse !

LE LIEUTENANT.

Mais quel pourroit être son dessein ?

M. DE RENALD.

Son dessein ? celui d'un scélérat. Son dessein ? celui de livrer sa sœur à l'infame Chambellan. Son
dessein ?

deſſein ? celui d'un enlèvement, d'une proſtitution, au Prince même..... Que ſais-je?.., l'idée ſeule m'en fait friſſonner !...

WILHELMINE.

Ah! mon Père, il eſt impoſſible qu'il ſoit aſſez lâche....

M. DE RENALD.

Le coquin ſéduit eſt capable de tout ; — mais il faut que ceci s'éclairciſſe. (*il ſonne, Fréderic entre.*) Fréderic, envoyez ſur le champ à la poſte, qu'une chaiſe attelée de quatre chevaux ſe trouve hors de la porte Saint-Jacques, & attende que quelqu'un de ma part vienne y monter... Vas, cours. (*Fréderic ſort.*)

WILHELMINE.

Qu'allez-vous faire, mon Père ?

M. DE RENALD *au Lieutenant.*

Vous avez votre domeſtique ici ?

LE LIEUTENANT.

Oui, Monſieur.

M. DE RENALD.

Prenez auſſi mon Gaſpard pour plus de ſûreté : allez-vous-en avec Wilhelmine, droit à l'auberge vis-à-vis du château de plaiſance ; remarquez bien s'il n'y a pas quelques préparatifs de faits : ſi le Prince arrive avec le Chambellan, tout eſt éclairci.

LE LIEUTENANT.

Mais conſidérez-vous auſſi.....

L.

M. DE RENALD.

J'ai tout confidéré..., tu ne feras pas difficulté, je penfe, de te promener avec ta *Dona*...Comment, je te procure un tête-à-tête à la campagne avec ta maîtreffe, & tu ne voles pas ! & tu n'es pas déjà loin des murs de la ville !

WILHELMINE.

Je tremble, mon Père, que nous ne foyons réduits à employer la force, ou contraints à la repouffer.

LE LIEUTENANT *frappant fur fon épée*.

Oh, pour la violence je ne la crains pas.

M. DE RENALD.

Ni moi non plus ;... le prince ne la permettroit point. Quelque difpofés que foient fouvent les princes à fe livrer à leurs paffions, au moins tâchent-ils d'éviter l'éclat : allez, mes enfans, allez..... dans moins d'une heure je vous rejoindrai, s'il ne furvient point d'obftacles.

WILHELMINE.

Vous l'ordonnez ainfi, mon Papa ?

LE LIEUTENANT.

Venez, ma chère : l'amour qui reffemble au mien ne craint aucun danger.

SCÈNE IV.

M. DE RENALD, ensuite FRÉDERIC.

M. DE RENALD seul.

C'EST positivement ce que j'ai imaginé ; c'est une de ces mines dont ma très - noble & très-honorable tante m'a menacé. —M. le Chambellan n'est là que pour la garnir ; mais je ferai une si bonne contre-mine, qu'elle les fera tous deux sauter en l'air.

FRÉDERIC annonçant.

L'Employé des sous-fermes.

M. DE RENALD.

Faites entrer. (Fréderic fort.) C'est le digne protégé de l'honnête Chambellan. Il n'est pas homme à soupçonner que j'aye osé seulement résister à son puissant protecteur.

SCÈNE V.

M. DE RENALD, L'EMPLOYÉ, ensuite FRÉDERIC.

M. DE RENALD.

QU'Y a-t-il, Monsieur l'Employé ?

L'EMPLOYÉ.

Votre Excellence, M. le Chambellan vient de

m'annoncer que je suis débouté de ma demande avec dépens.

M. DE RENALD.

M. le Chambellan a fait une sottise ; je lui ai confié le jugement , parce qu'il me l'a demandé de la part du Prince ; —— mais il a eu tort de vous le faire connoître avant qu'il soit prononcé.

L'EMPLOYÉ.

De grâce, Monsieur le Conseiller d'Etat, ne vous fâchez pas. A quoi seroient bons les amis, si l'on ne pouvoit s'en servir auprès des Juges, même les plus intègres ?

M. DE RENALD.

Pour cette fois, vos amis ne vous serviront de rien ; d'ailleurs je ne comprends pas , Monsieur l'ami des favoris du Prince, comment il a pu vous venir dans la tête d'entamer un pareil procès ; d'attaquer l'article le plus clair, le plus précis d'un testament ?

L'EMPLOYÉ.

Votre Excellence, chacun songe à soi & à ses intérêts ; je crois n'avoir pas absolument tort. Si votre Excellence vouloit me faire la grâce de prendre & de peser ce mémoire. (*il lui remet un paquet d'écritures.*)

M. DE RENALD.

Vous pourrez le produire lorsque vous appellerez de la sentence, si le cœur vous dit d'augmenter les frais.

L'Employé.

Peut-être ne seroit-il pas nécessaire d'en appeler si votre Excellence vouloit accepter ce mémoire ; il est de conséquence & capable de donner une meilleure tournure à mon affaire : ... un Juge doit d'ailleurs tout approfondir.

M. DE RENALD *prenant le paquet.*

Je suis curieux de voir ce que votre Avocat (le plus fin chicaneur !) aura pu déterrer de nouveau. (*il ouvre le paquet & il en tombe un rouleau d'argent.*) Ah, ah ! oui certes, c'est une excellente raison que celle-ci ! (*il sonne, Fréderic entre.*) Fréderic, dis à M. le Conseiller privé que je le prie de passer un instant dans mon cabinet, qu'il donne son jeu à quelqu'un ; écoute. (*il lui parle bas, Fréderic sort.*)

L'Employé.

Je vais me retirer, je me recommande à votre Excellence.

M. DE RENALD.

Restez un moment. (*il ramasse le rouleau d'argent.*) Ce mémoire, mon ami, donne en effet une toute autre tournure à votre affaire ; mais la chose est de trop grande conséquence pour que je puisse la résoudre seul.

L'Employé.

Ce mémoire est uniquement pour votre Excellence, je me retire de peur d'être à charge.

M. DE RENALD.

Non, non, attendez un instant.

L 3

SCÈNE VI.

Les précédens,, LE CONSEILLER PRIVÉ,
enfuite UN SERGENT DE VILLE.

LE CONSEILLER PRIVÉ.

Eh! mon cher Collègue, pourquoi ne joignez-vous
pas la compagnie ?

M. DE RENALD.

Vous voyez que je fuis occupé, j'ai même befoin
de votre confeil.

LE CONSEILLER PRIVÉ.

Eh bien, de quoi s'agit-il ?

M. DE RENALD.

Vous connoiffez l'affaire de cet homme ?

LE CONSEILLER PRIVÉ.

Oui, oui ; contre la pauvre veuve....

M. DE RENALD.

C'eft cela.

LE CONSEILLER PRIVÉ.

Mon ami, ne foyez pas affez fou pour manger
votre bien à plaider.... laiffez cette pauvre femme
& fes enfans en jouiffance de leur ferme : — vous
ne pouvez ni ne devez les en expulfer... vous avez
perdu votre caufe avec les dépens, demain vous
entendrez votre jugement ; allez-vous-en chez vous,

& foyez content d'en être quitte pour un œil poché... retenez bien cela.

M. DE RENALD.

Cependant, mon cher Collègue, comme les affaires ont bien des faces, & que notre fagacité ne les embraffe pas toutes au premier coup d'œil, nous pourrions nous être trompés dans l'affaire de Monfieur.

LE CONSEILLER PRIVÉ.

Ah, ah! cela feroit particulier!

L'EMPLOYÉ.

Je me recommande à vos Excellences, & je me retire.

M. DE RENALD.

Non, non, reftez.

LE CONSEILLER PRIVÉ.

Reftez, reftez.

M. DE RENALD.

Voulez-vous avoir la bonté d'examiner & de pefer, (*en lui donnant les écritures & le rouleau.*) ce mémoire que Monfieur vient de me remettre?

LE CONSEILLER PRIVÉ.

Je n'y vois pas un mot qui n'ait été dit; mais voyons l'appendice. (*il défait le rouleau.*) Qu'eft-ce donc que ceci? Hem! hem! de beaux ducats tout neufs, tous bien cordonnés.

M. DE RENALD.

Miférable! Et c'eft moi que tu voulois corrompre?

LE CONSEILLER PRIVÉ

N'avez - vous pas auffi envoyé un chevreuil ou un marcaffin dans ma cuifine ; ha ! ha ! ha !

M. DE RENALD.

Je fuis enchanté que vous vous foyez juftement trouvé chez moi dans cette circonftance. Gardez, mon cher Collègue, cet intéreffant mémoire jufqu'à nouvelle information ; & toi, faquin, qui as offenfé en moi le corps entier de la juftice : (*il fonne, le Sergent entre.*) Conduifez ce drôle au cachot. (*le Sergent de ville le faifit.*)

L'EMPLOYÉ.

Votre Excellence !

LE CONSEILLER PRIVÉ.

Bien, fort bien, mon cher Collègue. Et toi, fcélérat, apprends à connoître un Juge ! L'année dernière je fis châtier un drôle de ton efpèce, qui s'étoit avifé de me caffer une taffe de fix francs, pour avoir le prétexte de m'offrir un fervice de cent écus ; mais il fut bien payé de fon impertinence. C'eft bien fait.... allez, emmenez ce coquin....

LE SERGENT DE VILLE *le prend rudement.*

Allons, marche.

L'EMPLOYÉ.

Oh ! votre Excellence, je fuis innocent, fi vous voulez faire retirer un inftant ce Sergent, je vous découvrirai des chofes....

M. DE RENALD.

Allez, allez !

LE CONSEILLER PRIVÉ.

Ecoutons-le, qui fait ce qu'il y a là-dessous ?

M. DE RENALD *au Sergent.*

Sortez, mais ne quittez pas la porte. (*il fort.*)

LE CONSEILLER PRIVÉ.

Voyons, qu'avez-vous à déclarer ?

L'EMPLOYÉ.

Je fens que je fuis un mal-avifé de faire à votre Excellence des propofitions pareilles à celles que je viens de hafarder ; jamais je n'y aurois fongé fans M. le Chambellan qui me l'a confeillé, & qui y a infifté très-vivement, en difant qu'il avoit des raifons très-fortes pour l'exiger de moi.

M. DE RENALD.

Encore une mine heureufement éventée !

L'EMPLOYÉ.

Si vous voulez permettre que je m'en retourne librement à mon logis, je vous découvrirai bien autre chofe.

M. DE RENALD.

Point de conditions... Si vous ne voulez pas parler nettement, j'ai des moyens pour vous y forcer. (*il porte la main à la fonnette.*)

L'EMPLOYÉ.

De grâce, votre Excellence, foyez bon autant que vous êtes jufte, je veux tout confeffer. — M. le Chambellan a retenu un petit appartement dans ma maifon de campagne, pour y cacher Mademoifelle votre fille.

M. DE RENALD.

Ma fille ?

L'EMPLOYÉ.

Oui, il m'a dit qu'elle confentoit très-volontiers à l'époufer, mais que votre Excellence s'y oppofoit fans aucune bonne raifon : qu'ils demeureroient en attendant chez moi, jufqu'à ce que vous ayez confenti à leur union.

LE CONSEILLER PRIVÉ.

Eh, eh ! cela eft-il poffible ? Je n'aurois pas cru Mademoifelle de Renald fi galante.

M. DE RENALD *au Confeiller*.

Pouvez-vous croire pareille chofe de ma fille ? (*à l'Employé.*) Je vous remercie de l'avis ; mais pour prix de votre complaifance, (*il fonne, le Sergent entre.*) à favorifer de pareils projets, vous goûterez pendant huit jours le pain & l'eau de la conciergerie.

L'EMPLOYÉ.

Excellence !

M. DE RENALD.

Pas plus de huit jours, c'eft une punition bien douce ! vos repas ordinaires vous en paroîtront d'autant meilleurs. Allez, Sergent, confignez-le pour huit jours au pain & à l'eau, dans la prifon de l'hôtel-de-ville.

LE SERGENT.

J'obéis, votre Excellence. (*à l'Employé en l'emmenant.*) Cet embonpoint fe paffera un peu. (*ils fortent.*)

SCÈNE VII.

M. DE RENALD, LE CONSEILLER PRIVÉ.

M. DE RENALD.

EH bien, que dites - vous de cet ami du favori
du Prince?

LE CONSEILLER PRIVÉ.

J'en suis pétrifié.

M. DE RENALD.

Je suis enchanté que vous ayez été témoin de
tout ceci.

LE CONSEILLER PRIVÉ.

Il ne faut pas laisser tomber cela à terre ; en temps
& lieu nous en ferons usage. Il n'y a que l'affreuse
aventure de Mademoiselle votre fille qui me tracasse
la tête.

M. DE RENALD.

Nulle inquiétude mon digne ami. Je ne suis pas
en peine de ma fille....

LE CONSEILLER PRIVÉ.

Cher ami, une fille est une fille, un verre est un
verre, l'un & l'autre sont bien fragiles !

M. DE RENALD.

Ma fille est très en sûreté.

LE CONSEILLER PRIVÉ.

A la bonne heure si vous en êtes bien certain ; sans quoi je ne me fie pas, d'ici-là, aux jeunes demoiselles de nos jours, & j'ai pour habitude de dire, quand je vois aller une jolie fille à conféſſe, *periculum in morâ* : ha ! ha ! ha !

SCÈNE VIII.

Les précédens, LE CHAMBELLAN, FRÉDERIC.

FRÉDERIC *annonce.*

Monsieur le Chambellan. (*il sort.*)

LE CHAMBELLAN *en habit de cheval.*

Messieurs, votre serviteur.

LE CONSEILLER PRIVÉ.

Serviteur.

M. DE RENALD.

Qu'y a-t-il pour votre service ?

LE CHAMBELLAN.

Je viens de la part de Son Alteſſe.

LE CONSEILLER PRIVÉ *veut sortir.*

Je ne veux pas vous déranger.

M. DE RENALD.

Restez, mon cher Collègue : (*au Chambellan.*) est-ce encore un secret ?

LE CHAMBELLAN.

Oui, pour le moment.... mais demain toute la ville le faura.

M. DE RENALD *au Confeiller privé.*

Reftez, Monfieur.

LE CONSEILLER PRIVÉ.

Voyons ce qu'on faura demain.

LE CHAMBELLAN.

Je fuis fâché d'être le porteur d'une auffi mauvaife nouvelle ; mais je vous l'avois prédit : vous n'écoutez point vos amis !

M. DE RENALD.

Sans préambule, fi j'ofe vous en prier.

LE CHAMBELLAN.

Très-volontiers. Son Alteffe, très-offenfée de l'obftination avec laquelle vous réfiftez toujours à fes volontés, s'en eft enfin laffée, & vous donne votre démiffion dès ce moment.

LE CONSEILLER PRIVÉ.

A qui ? au Confeiller d'Etat ?

LE CHAMBELLAN.

A lui-même.

LE CONSEILLER PRIVÉ.

A un homme d'un tel mérite ?

LE CHAMBELLAN.

Son Alteffe regrette plus que vous la perte qu'elle fait, mais elle voudroit auffi qu'aux vrais talens on fût joindre la foumiffion.

M. DE RENALD.

Son Alteffe m'a toujours comblé de fes grâces, & aujourd'hui elle prévient mes vœux.

LE CHAMBELLAN.

Comment cela ?

M. DE RENALD.

Parce qu'au train que prennent les chofes, tôt ou tard il auroit fallu que je demandaffe mon congé, aujourd'hui même, peut-être. Monfeigneur me fait la grâce de hâter l'inftant de mon repos ; je puis me paffer de Son Alteffe, Son Alteffe peut fe paffer de moi, j'en fuis enchanté ; & je fuis convaincu que mon pays ne manque pas de fujets plus capables, & furtout plus complaifans que moi.

LE CHAMBELLAN

Eft-ce là votre réponfe ?

M. DE RENALD.

Oui, Monfieur, & vous m'obligerez de la rapporter mot pour mot.

LE CHAMBELLAN.

Après fa difgrâce, craignez fa colère.

M. DE RENALD.

Je plains le Prince que la vérité offenfe.

LE CHAMBELLAN.

Mais un mot d'excufe, ... mon interceffion.

M. DE RENALD.

Je ne fuis nullement dans le cas des excufes, & pour votre interceffion, ... je vous en difpenfe.

Au reste, Monsieur le Chambellan, je souhaite que l'intrigue vous soutienne mieux à la Cour que n'ont fait mes services.

LE CHAMBELLAN.

Que voulez-vous dire ?

M. DE RENALD.

Songez au triste rôle que vous joueriez dans le monde, si vous receviez ainsi votre congé. Encore un coup, mille prospérités !

LE CHAMBELLAN.

Cette prévoyance est singulière !

M. DE RENALD.

Tout ce que je regrette, c'est que ma fille ne soit plus un parti pour vous. (*le Chambellan écoute d'un air pensif.*) La fille d'un petit Conseiller congédié... le favori d'un grand Prince, il n'y a pas l'ombre de convenance ; la disproportion seroit choquante.....

LE CHAMBELLAN *d'un ton mal assuré.*

Peut-être me mettrois-je au-dessus..... peut-être cela pourroit-il devenir un moyen.

M. DE RENALD.

De me remettre en place, n'est-ce pas ?.... Ne vous en donnez pas la peine, mon très-puissant Protecteur. Ha, ha, ha ! la mine étoit bien conduite ; c'est dommage qu'elle soit éventée ! Ha, ha, ha ! Il y a dans le monde de singuliers caractères, dont il est difficile d'approcher, sur lesquels tous les coups s'amortissent, & près desquels toutes les rufes échouent.... Mais vous êtes preffé, Monfieur le Chambellan, vous êtes obligé d'accompagner Son Alteffe à fa maifon de plaifance ; l'objet qui vous y attire ne peut manquer d'être fort agréable. Courant après le plaifir, dans la compagnie d'un Prince, il ne peut vraifemblablement vous échapper. Je me recommande, M. le Chambellan, à votre haute faveur, & je fouhaite pour vous qu'elle foit durable.

LE CHAMBELLAN.

Et moi, je fouhaite que vous conferviez long-temps cette belle humeur ; mais je crains que les foupirs ne la fuivent de près, ha ! ha ! ha !

M. DE RENALD.

Ne craignez rien, je compte fur un heureux dénouement, ha ! ha ! ha !

SCÈNE IX.

LE CONSEILLER PRIVÉ, M. DE RENALD.

M. DE RENALD.

Eh bien, Monfieur le Confeiller ! — comme vous voilà !

LE CONSEILLER PRIVÉ.

Comme un homme aliéné.

M. DE RENALD.

De quoi vous étonnez-vous ?

LE CONSEILLER PRIVÉ.

Si le Prince abat de pareils arbres, que deviendra la forêt ? Bon Dieu ! bon Dieu !

M. DE RENALD.

Une charmante clairière, à travers laquelle le vent aura beau jeu.

LE CONSEILLER PRIVÉ.

Congédier un homme qui sert plutôt par honneur que par intérêt, qui sacrifie son repos & sa fortune au bien de l'Etat ! —— Cela seroit fou, cela est impossible.

M. DE RENALD.

Je ne vois dans cet événement qu'une récompense de Souverain. Son Altesse, en considération des services que j'ai eu le bonheur de rendre à l'Etat, me permet de jouir paisiblement de ma fortune, & me soulage du fardeau des affaires, que bientôt mon âge m'auroit empêché de porter.

LE CONSEILLER PRIVÉ.

Voulez-vous bien permettre que votre cocher mette les chevaux pour moi ?

M. DE RENALD.

Vous voulez déjà nous quitter, où allez-vous ?

LE CONSEILLER PRIVÉ.

Je vais, je vais demander ma démission, ou vous procurer satisfaction. Je ne veux pas, sur mes vieux jours, être la fable des enfans ; & je mériterois de l'être, si je souffrois que l'on privât mon département de juges tels que vous, pour les remplacer par des écoliers.

M

M. DE RENALD.

De grâce, mon cher Collègue, ne faites point
cette démarche : de quelque façon que vous vous y
priffiez , elle feroit toujours humiliante pour moi.

LE CONSEILLER PRIVÉ.

Si vous ne voulez pas me donner votre voiture, je
traînerai, comme je pourrai, mes membres goutteux
à la Cour.

M. DE RENALD.

Mon cher & digne ami, témoignez-moi, de grâce,
votre attachement d'une autre manière : laiffez-moi
paffer tranquillement le peu de jours que j'ai encore
à vivre, laiffez-les couler dans un doux repos, au
fein de ma famille. Lorfque j'aurai placé mon fils ,
& cela ne tardera guère , ... je vivrai, je l'efpère,
parfaitement heureux.

LE CONSEILLER PRIVÉ.

Ami ! les vieilles gens font finguliers , ils font
entêtés . . . Je vous prie, au nom de notre amitié, de
faire mettre vos chevaux ; . . . ou je clopine feul à
pied , fur mon honneur.

M. DE RENALD.

Puifque vous le voulez abfolument . . . .

LE CONSEILLER PRIVÉ.

Monfieur ! votre honneur eft le mien , je ne
fouffrirai point qu'il foit flétri ; je rendrai au Prince
le plus grand fervice , en lui ouvrant les yeux ;
s'il ne veut pas voir , j'aurai du moins rempli mon
devoir. Il ne faut pas que la puiffance du Souverain

soit comme un couteau dans les mains d'un enfant : c'est pour préserver l'Etat de pareils malheurs que nous sommes en place.

M. DE RENALD.

Faites, mon cher Collègue, comme il vous plaira ; mais je me réserve toujours de choisir le parti qui me conviendra. (*il sonne, Frédéric entre.*) Frédéric, qu'on mette les chevaux à l'instant pour M. le Conseiller. (*Frédéric sort.*)

LE CONSEILLER PRIVÉ.

Traitez-moi de fou & d'extravagant si vous n'êtes pas content de ma démarche.

M. DE RENALD.

Mais à propos : vous ne trouverez pas le Prince, il est allé en promenade à sa maison de plaisance.

LE CONSEILLER PRIVÉ.

Eh bien, s'il n'est pas revenu je l'attendrai, le temps est toujours bien employé au service de son Prince & de ses amis..... Où est donc ce beau mémoire ? Ha ! le voici ; attends, vil Courtisan, cela te cassera le cou. (*il prend M. de Renald par la main.*) La satisfaction la plus éclatante, ou adieu ma place ! Au plaisir de vous revoir. — Point de complimens entre amis. — Restez, restez. (*il sort.*)

M 2

SCÈNE X.

M. DE RENALD *seul*.

PLÛT à Dieu que je fuſſe diſgracié, je n'en ſerois que plus heureux, actuellement ſurtout. Tant que les choſes ne changeront pas, l'office d'un juge intègre ne ſera qu'un fardeau. — Je voudrois que mes enfans fuſſent revenus : je n'en ſuis pourtant point inquiet. — Quels grands yeux ces beaux Meſſieurs vont ouvrir, lorſqu'ils verront le gibier qu'ils chaſſent ſur d'autres terres que les leurs !... Ma Wilhelmine eſt un morceau de Roi ! Il n'eſt pas ſans exemple que des ſouverains aient ſcandaliſé & offenſé leur pays pour des objets moins intéreſſans. Ma chère Wilhelmine, va, ne les crains point ; tu es en bonnes mains. — C'eſt un excellent garçon que ce Lieutenant... pourquoi mon fils ne lui reſſemble-t-il pas !

SCÈNE XI.

M. DE RENALD, LE MAJOR, LE CONSEILLER CONSISTORIAL.

LE MAJOR.

MILLIONS de bataillons carrés ! quelle chienne de partie ! — Le Conſeiller privé s'en va clopinant, & Mme de Renald s'aviſe aujourd'hui, peut-être

pour la première fois, d'aller voir ce qui se passe à
sa cuisine où elle n'a que faire, car elle ne s'en mêle
pas plus que moi.

M. DE RENALD.

Pardonnez-moi, mon cher Major, depuis aujourd'hui, & j'espère qu'elle continuera.

LE MAJOR.

Eh bien! le diable m'emporte, j'en suis charmé.
Une femme ne doit pas rougir des détails du ménage,
& sur-tout de ceux de la cuisine. Fût-ce la femme
d'un Archevêque, c'est-là sa place, comme la mienne
à moi est de marcher à la tête du régiment.

LE CONSEILLER CONSISTORIAL.

Vous n'y songez pas, Major, la fumée ternit le
teint, & le feu le brûle. Pourquoi sont faits les
cuisiniers, les chefs de cuisine, les officiers, les
maîtres d'hôtel, & même les écuyers tranchans, si
ce n'est pour épargner aux femmes ces travaux &
ces soins fatigans? Ces Messieurs coûtent fort cher,
mais il ne faut pas y regarder de si près.

LE MAJOR.

En attendant tout va au diable. Vous autres qui
vivez de l'autel, vous ne prenez pas tant de peines...
M. le Conseiller Consistorial a le département de toute
cette province: M. de Renald a....

LE CONSEILLER CONSISTORIAL.

M. de Renald va continuer votre partie....

M 3

LE MAJOR.

Ah, oui, vous avez trouvé votre homme; voyez le faire demi-tour à gauche.

M. DE RENALD.

Je ne le puis pas pour le moment, mes chers amis; ce jour est un jour d'inquiétude pour moi; je viens d'avoir une scène très-inattendue, & encore au moment que j'ai l'honneur de vous parler, une affaire très-sérieuse m'occupe. — M. le Major, vos ordres sont-ils donnés?

LE MAJOR.

Oui, & ils seront exécutés à l'instant.

M. DE RENALD.

C'est une affaire qui, à la vérité, n'a pas besoin des secours ecclésiastiques; mais comme vous êtes père aussi bien que moi, vous allez juger, par mon exemple, combien il en coûte souvent pour en exercer les devoirs. (*il sonne.*)

LE CONSEILLER CONSISTORIAL.

A la vérité, les enfans causent quelquefois des chagrins bien cuisans; mais je croyois que les vôtres ne vous donnoient que de la satisfaction.

M. DE RENALD.

Vous allez juger à l'instant de celle qu'ils me donnent. (*à Frédéric qui entre.*) Que fait mon fils?

FRÉDÉRIC.

Pour se désennuyer, il casse les fenêtres les unes après les autres.

M. DE RENALD.

Faites-le descendre. (*Fréderic sort.*)

LE CONSEILLER CONSISTORIAL.

Auroit-il quelqu'accès de folie?

M. DE RENALD.

Plût à Dieu qu'il fût insensé! j'aimerois mieux le voir aux petites maisons que dans le chemin des galères. — Dieu me pardonne cette idée!

LE CONSEILLER CONSISTORIAL.

Dieu! en seroit-il là? seroit-il rebelle aux ordres de son père? comme un second Absalon, auroit-il mérité...

SCÈNE XII.

Les précédens, GUSTAVE, FRÉDÉRIC.

GUSTAVE *pousse Fréderic dans l'appartement.*

FAQUIN, je saurai bien trouver le chemin sans toi.

M. DE RENALD.

Mon fils!

GUSTAVE.

Je commence à croire que je suis bâtard, vous ne traiteriez pas ainsi votre fils.

LE CONSEILLER CONSISTORIAL.

Mon Dieu, bon Dieu, un fils a-t-il jamais parlé ainsi à son père!

GUSTAVE.

C'eſt ſelon le père qu'il a.

M. DE RENALD.

Guſtave, j'ai toujours été pour toi un père trop indulgent, trop bon ; tu peux encore en ce moment éprouver mes ſentimens pour toi ; je te prie, je te conjure même de ne pas contraindre ton père à s'armer de ſévérité : parle, & tu vas régler ton ſort.

GUSTAVE.

Eſt-ce de la bonté, eſt-ce de l'indulgence, que de me faire prendre par vos gens d'écurie, & de me faire jeter par eux dans un cachot ? Maudite ſoit une pareille tendreſſe !

M. DE RENALD.

Tu l'as méritée par ta rebellion contre mes ordres : remercie plutôt le bon génie qui m'a inſpiré de ne pas te laiſſer ſortir ! — Apprends & rougis, ſi tu le peux encore ; apprends que le motif de ta promenade m'eſt connu, que ton lâche projet eſt éventé...

GUSTAVE à *Fréderic.*

Coquin !

M. DE RENALD.

Tais-toi. Si ce garçon eût été un coquin, ta ſœur ſeroit à préſent entre les mains du....... Mais je veux t'épargner l'humiliation de dévoiler ton odieux complot. — Guſtave, Guſtave, pour la dernière fois, ton père te parle avec douceur........ Tu ne ſortiras pas de la maiſon que ta conduite ne me garantiſſe de tes égaremens ; je t'enverrai dans ta chambre des mémoires à examiner; tu reliras tes auteurs & tes cahiers de droit, que tu as négligés ; car tu ne manques pas de talens , & bientôt tu pourrois parvenir à une place diftinguée, fi.....

GUSTAVE.

Je n'écrirai pas une fyllabe.

M. DE RENALD.

Mon fils !

GUSTAVE.

Pas un mot ! Je veux être, je fuis officier, le Prince m'a agréé, je fuis à lui, non plus à vous.

M. DE RENALD.

Je t'en prie !

GUSTAVE.

Je n'en ferai rien.

M. DE RENALD.

Monfieur. (*il fe promène, tâchant de fe contenir.*)

LE CONSEILLER CONSISTORIAL à M. de Renald fils.

Ah ! Monfieur de Renald, ceci eft un trait odieux de défobéiffance ; profitez, croyez-moi, du dernier inftant de la tendreffe paternelle, embraffez les genoux de votre digne père.....

GUSTAVE.

Que je pleure & rampe comme un enfant !

M. DE RENALD.

Vous voulez être officier, Monfieur, mais pour être un bon officier, il faut connoître les devoirs de tous les grades, & pour cela il faut commencer par le plus bas. (*il fait signe, Fréderic ouvre une porte de côté, il entre deux bas officiers.*) M. le Major, permettez-vous que je recommande mon fils à ses supérieurs?... (*aux bas officiers.*) Messieurs, ce jeune homme a grande envie d'être soldat, M. le Major a bien voulu l'admettre dans votre compagnie ; je vous prie, Messieurs, de lui enseigner ses devoirs, & de le soumettre à la discipline ; il est d'un caractère rebelle, je vous en préviens, les bons avis, les prieres de son pere même sont sans pouvoir sur lui....

UN BAS OFFICIER.

Laissez-nous faire, M. le Conseiller; si les bonnes paroles ne réussissent pas, (*en montrant la canne.*) nous emploierons le petit Brunet.

M. DE RENALD.

Messieurs, je vous donne tout pouvoir sur lui : M. le Major aura soin du reste.

LE MAJOR.

Oh laissez-moi faire, j'ai redressé bien d'autres têtes ; nous avons plus d'un de ces jolis enfans gâtés dans la compagnie, Touchez-là, mon ami ; je veux que cinq cens mille diables m'emportent, si le pain de munition & Brunet n'en font avant la fin du mois un bon garçon. (*à Gustave.*) Suivez à l'instant ces Messieurs au quartier. — On vous donnera un uniforme, & dès ce soir vous commencerez à apprendre à marcher... Caporal!

LE BAS OFFICIER.

Monsieur le Major,

LE MAJOR.

Il couchera auprès de vous, vous ne le quitterez pas d'une minute, s'il déserte vous m'en répondrez sur votre tête. S'il se révolte, vous le ferez danser dans la double haie. Le soir après la retraite, le matin au coup du réveil, vous le mènerez avec vous à la visite, afin qu'il apprenne à se coucher exactement, & à se lever de bonne heure. Et pour l'entretenir dans l'écriture, vous lui ferez copier & recopier les listes des compagnies. (*à Gustave qui se mord les ongles.*) Eh bien, comme vous vous tenez ? Haut la tête. (*il le redresse.*) La poitrine en avant, le corps en arrière, les bras contre le corps ; marche. — Cela ira, cela ira. (*les bas officiers le prennent chacun par un bras.*)

M. DE RENALD.

Voyez-vous cette obstination détestable ! pas un mot n'est sorti de sa bouche... Messieurs, il faut que je prenne l'air.... Vous avez vu & entendu.... vous êtes père comme moi, pouvois-je faire davantage avant de le punir, & pouvois-je le punir moins ? (*ils sortent.*)

FRÉDÉRIC *seul.*

Non parbleu, il l'a trop mérité. Quel mauvais garnement ! il a coûté tant d'argent à son père ! il n'en vaut pas mieux. Nous autres qui voudrions apprendre quelque chose, les moyens nous manquent. Mais, mon petit Monsieur, on va vous apprendre à vivre, Brunet me vengera des coups de pied & des soufflets dont vous m'avez si souvent gratifié.

SCÈNE XIII.

FRÉDERIC, LOUISE.

LOUISE *toute hors d'haleine.*

Hé mon Dieu, Fréderic, qu'eſt-ce qui arrive, où mènent-ils notre jeune maître ? je l'ai rencontré entre deux bas officiers, tout le monde le ſuit dans les rues.

FRÉDERIC.

Comment, vous ne ſavez donc pas que ce petit Monſieur vouloit être officier ?.... Eh bien, ſon père veut qu'il commence par être ſoldat.

LOUISE.

Notre jeune maître.... ſimple fantaſſin ?

FRÉDERIC.

Oui, Mademoiſelle ; comme il aura bonne mine, avec la queue roide & le petit habit court !—Vous ſouvient-il lorſqu'il revint de l'Univerſité ? il avoit juſtement un petit fracq, & une longue queue, groſſe comme mon bras ; cela lui alloit au mieux ; & vous diſiez que dans les habits courts on voyoit mieux un joli homme. C'eſt pour cela que ce domeſtique hollandois vous plaît ſi fort.

LOUISE.

Vous n'avez pas le ſens commun.

FRÉDERIC.

C'eſt un joli petit cadet, fait au tour.

LOUISE.

Sûrement ce n'eſt pas un lourdaut comme vous.

FRÉDERIC.

Oh non, c'eſt un cavalier fort aimable, il ſait le latin, le françois, le hollandois.

SCÈNE XIV.

Les précédens, Mme DE RENALD.

Mme DE RENALD.

Eh bien, vous voilà encore enſemble. — Où eſt Monſieur?

FRÉDERIC.

Il eſt deſcendu au jardin.

Mme DE RENALD.

Quelle cruelle journée que celle-ci! je n'y tiens plus. — Ce qu'on vient de me rapporter eſt-il bien vrai?

FRÉDERIC.

Quoi, Madame? que notre jeune Monſieur....

LOUISE.

Hélas! cela n'eſt que trop vrai.... je l'ai vu de mes yeux.

Mme DE RENALD.

Mon beau-fils fantaſſin!

FRÉDERIC.

Oui, Madame ; Monsieur a penfé que puifqu'il vouloit abfolument être Officier, il falloit qu'il commençât par porter le moufquet.

Mme DE RENALD.

Mais, mon Dieu, à quoi fonge-t-il de fe dégrader ainfi dans fon fils ? le beau bruit que cela va faire dans la ville !

LOUISE.

Les enfans s'en amufent déjà dans les rues.

Mme DE RENALD.

C'eft un affront pour toute la famille. Ah ! que n'ai-je tenu ferme ?..... Dieu, quel homme, quel homme ! — Si l'on me demande, je fuis dans mon cabinet. (*elle fort.*)

FRÉDERIC.

Quel homme, quel homme ! Oui, Madame, un homme ferme & jufte. Mademoifelle Louife, fi vous avez befoin de moi, je fuis dans mon cabinet (*il fort par le côté.*)

LOUISE.

Reftes-y jufqu'à ce que j'aille t'y chercher, tu y refteras long-temps.

Fin du quatrième acte.

ACTE V.

SCÈNE PREMIÈRE.

Mme DE RENALD, LE COLONEL.

Mme DE RENALD *sortant de son cabinet.*

IL ne se laisse point voir & ne veut rien entendre ; il faut que je descende, je ne sais quel air prendre avec la compagnie. . . . Ce que c'est que les hommes ! . . . Quand ils ont quelque chose dans leur tête ! . . .

LE COLONEL *revenant de la ville.*

Ah ! bon jour, ma nièce ; où est votre mari ? (*en lui prenant la main.*) Madame, quel homme que le vôtre !

Mme DE RENALD.

Un homme vif & emporté.

LE COLONEL.

Par-ci, par-là, cela peut être, selon que l'on agit ; mais du reste le meilleur humain que Dieu ait créé.

Mme DE RENALD.

Que dites-vous ?

LE COLONEL.

Oui, je le jure ; & que l'enfer engloutisse qui ose dire le contraire.

Mme DE RENALD.

J'ai donc manqué d'y descendre, car j'étois bien tentée de vous contredire.

LE COLONEL.

Vous avez grand tort, Madame; le plus grand tort, vous dis-je. Nous l'avons méconnu tous tant que nous sommes, vous & moi, & moi sur-tout, à cause d'une femelle qui est indigne d'être ma sœur.

Mme DE RENALD.

Ma tante ?

LE COLONEL.

Indigne d'être votre tante ; c'est elle qui a causé tous ces troubles dans la famille ; elle m'a fermé les yeux sur les vertus de ce galant homme ; elle m'a fait faire mille sottises, autant de dettes ; & cet homme généreux répare les unes & paie les autres, sans que j'aie mérité de lui en aucune manière.

Mme DE RENALD.

Je n'imaginois pas que vous seriez son panégyriste.

LE COLONEL.

Il le faut, je le dois, fussé-je à la bouche d'un canon. Tenez, (*il lui montre sa bourse*) voilà ce qui me reste, & toutes mes dettes criardes sont payées ; payées, vous dis-je, avec l'argent de votre mari ; de mon sauveur, de mon meilleur ami, non pour son argent, c'est une denrée dont je n'ai jamais fait grand cas, mais parce qu'il m'a évité mille affronts, parce qu'il m'a fait rentrer dans mon rang ; enfin, parce qu'il m'a délivré d'un démon sous la figure d'une femme.

Mme

Mme DE RENALD.

Vous extravaguez.

LE COLONEL.

Oui, mais c'eſt de plaiſir. Je reſpire la liberté,
le bonheur. Aujourd'hui même je viens loger céans,
j'y viens jouir de mon exiſtence, dans la compagnie
d'un homme juſte & ſage, qui veut être mon guide
& mon ami.

Mme DE RENALD.

Vous, mon Oncle, vous venez loger ici ?

LE COLONEL.

Oui, Madame, chez vous, dans votre maiſon,
ſi vous le trouvez agréable ; tous mes bagages y ſont
déjà : cela vous déplaît-il ?

SCÈNE II.

Les précédens, Mme DE SMERLON,

Mme DE SMERLON.

Ah, bon ſoir, ma Nièce. — Eh bien, monſieur le
Conſeiller le prend-il encore ſur un ton bien haut
depuis qu'il a été glorieuſement congédié ?

Mme DE RENALD.

Qui ? mon mari !

Mme DE SMERLON.

Eh quoi ! mon enfant, vous ne le ſavez pas
encore ? Je ſerois déſolée ſi vous étiez dans certaines
circonſtances où un ſaiſiſſement ſubit...

N

LE COLONEL,

Monfieur le Confeiller a fa démiffion ?

Mᵐᵉ DE SMERLON.

Oui, mon Frère, je fors à l'inftant de l'audience du Miniftre ; il a déjà l'ordre pour expédier la lettre fatale de congé ;....., mais préalablement le Chambellan l'avoit notifié à votre mari de la part du Prince. Si l'on s'étoit confervé ce cavalier pour ami ; fi l'on ne s'étoit pas permis certaines infolences, tout feroit peut-être encore à fa place ; mais felon qu'on agit, on eft récompenfé.

Mᵐᵉ DE RENALD,

Grand Dieu, mon mari renvoyé !

LE COLONEL à fa fœur.

Et vous annoncez une pareille difgrace avec cette joie infernale !

Mᵐᵉ DE SMERLON.

Ne vous ai-je pas dit que je ne repafferois plus le feuil de fa porte fans avoir triomphé de lui ?....
Oui, il a fon congé, & me voici.... Comme l'on fait fon lit on fe couche... c'eft lui qui m'y a forcée.

LE COLONEL,

Vous vous en êtes donc mêlée ?

Mᵐᵉ DE SMERLON.

J'ai mêlé les cartes, & j'ai donné.

LE COLONEL,

Exécrable rebut de toutes les femmes !

Mᵐᵉ DE SMERLON.

Moi !

LE COLONEL.

Oui toi, que je renie pour ma sœur ; toi, de laquelle je retire ma main.

Mme DE SMERLON.

Eſt-il fou ?

LE COLONEL.

Je le fus trop long-temps ;... mais patience, il y a auſſi quelques cartes de mêlées & de données pour vous.

Mme DE SMERLON.

Ha, ha, ha !

LE COLONEL.

Ris, déteſtable furie, nous verrons qui rira le dernier.

Mme DE RENALD.

O Dieu ! mon mari, mon mari !

LE COLONEL.

Soyez tranquille, chère Nièce, peut-être tout ſe raccommodera-t-il. Et quand même les choſes en reſteroient là, votre mari peut ſe paſſer du Prince, & non le Prince de votre mari.

Mme DE RENALD.

Mais les propos dans la ville... coup ſur coup... oh ! ma Tante, qu'avez-vous fait ?

Mme DE SMERLON.

Ce qu'il me convenoit de faire :... je lui apprendrai à traiter les gens de ma ſorte comme des valets de ville.

SCÈNE III.

Les précédens, FRÉDERIC.

FRÉDERIC.

Monsieur le Colonel, vos effets sont rangés dans votre appartement. Et vos chevaux les mettra-t-on dans l'écurie ?

LE COLONEL.

Oui, mon fils... Je vais descendre tout-à-l'heure, & j'y donnerai un coup d'œil.

FRÉDERIC.

Cela suffit, M. le Colonel. (*il sort.*)

Mme DE SMERLON.

Qu'est-ce que cela veut dire ?

LE COLONEL.

Suivant que l'on agit on est récompensé. Eh! riez donc, Madame. Oui, j'ai déménagé, afin de ne plus vivre avec une insolente créature....... Je vous apprendrai à traiter un frère comme un valet-de-carreau ;... riez encore aujourd'hui, demain ma maison sera en vente, & je la cède au plus offrant... ensuite, Madame, vous pourrez aller chercher un gîte chez le juif Abraham, ou chez Monsieur Sauf respect : ..... comme on fait son lit on se couche. Eh bien ! vous ne riez plus.

Mme DE SMERLON.

De tout mon cœur, ha, ha, ha !

LE COLONEL.

Cela ne sonne plus comme autrefois ; l'instrument me semble un peu enroué.

Mme DE SMERLON.

Point du tout ! je me moque cordialement de vous. Vous êtes la plus triste figure d'homme que la terre puisse porter, foible comme un roseau, sans vigueur, sans fermeté ; vous dansez sur le ton d'un chacun.

LE COLONEL.

Vous le croyez, parce que jusqu'à ce moment j'ai été assez sot pour danser sur vos airs. Mais actuellement, Madame, vous êtes au bout de votre recueil, & vous allez à votre tour, sauf votre respect, danser sur un mode nouveau.

SCÈNE IV,

Les précédens, M. DE RENALD.

Mlle DE RENALD *court au-devant de lui.*

O mon cher, qu'avez-vous fait ?

M. DE RENALD.

Moi ?

Mme DE SMERLON.

Ah ! votre servante, feu M. le Conseiller d'Etat.

Mᵐᵉ DE RENALD.

Il eſt donc vrai que vous avez votre démiſſion?

M. DE RENALD.

Oui, mon enfant : n'es - tu pas enchantée de cette
faveur du Prince, qui me rend à moi & aux miens?

Mᵐᵉ DE SMERLON

Vous prenez votre parti en vrai Caton.

M. DE RENALD.

Madame, qui cherchez - vous dans ma maiſon?

Mᵐᵉ DE SMERLON.

Je viens m'édifier de votre réſignation.

M. DE RENALD.

Vous faites très - bien , Madame , exercez - vous
de bonne heure à cette vertu, vous pourrez en avoir
beſoin. (à ſa femme.) Mon amie, raſſure-toi. — Tu
vois que je ſuis tranquille, moi... toutes ces lamen-
tations ne ſervent à rien..... Bon ſoir, mon cher
Colonel, comment cela va-t-il ?

LE COLONEL.

Très - bien , mon digne ami, — je ne ſuis pas
éloquent ; (il lui ſerre la main.) mais vous ſentez ce
que je voudrois vous dire.

M. DE RENALD.

C'eſt bon, mon ami, c'eſt bon.

Mᵐᵉ DE SMERLON.

La plaiſante cordialité !

LE COLONEL.

M. le Confeiller, quoique je fois maintenant de la maifon, je n'ai pas le droit de donner des ordres dans votre appartement ; je vous demande donc la permiffion (*en prenant affez rudement la main de fa fœur.*) d'en purifier l'air.

Mᵐᵉ DE SMERLON.

Eh bien donc ! Qu'eſt-ce que ceci veut dire ?

M. DE RENALD.

Non, Monfieur le Colonel, laiffez-nous jouir du plaifir de voir & d'entendre Madame de Smerlon, nous ne ferons que trop tôt privés de l'honneur de fa haute préfence : elle aura, dans peu, des ordres à donner dans fon hôtel.

Mᵐᵉ DE SMERLON.

Moquez-vous bien ! Mais feroit-il vrai que M. le Colonel logeât eff ctivement ici ?

M. DE RENALD.

Comme vous voyez.

Mᵐᵉ DE SMERLON.

Le voilà donc parfite accompli !...

LE COLONEL.

Femme !

M. DE RENALD.

Doucement, M. le Colonel. — Madame ; M. votre frère s'eſt rendu à mes follicitations ; il vous quitte afin d'arranger fes affaires dont le défordre ne déshonore que vous, & pour prévenir la ruine dans laquelle vous l'eussiez entraîné. — C'est avec grand plaisir que je me suis fait son intendant; tâchez de votre côté, Madame, que vos créanciers ne deviennent pas les vôtres.

Mme DE RENALD.

Et il faut que j'entende tout cela ! mais brisons sur ce propos. . . . je viens vous demander si. . . .

M. DE RENALD.

Si. . . . quoi ?

Mme DE RENALD.

Si vous avez effectivement enrôlé votre fils. . . . .

M. DE RENALD.

Oui, Madame, & maintenant que je vous parle, il apprend à marcher.

LE COLONEL.

Qui ?

Mme DE SMERLON.

Votre fils ?

Mme DE RENALD.

O Dieu, — en plein jour... un pareil affront....

M. DE RENALD.

Eh parbleu, voulez-vous qu'on l'exerce de nuit ?... Quant à l'affront fait à mon fils, c'est moi qui le recevrois, si c'en étoit un; mais ce seroit un affront bien plus grand pour moi, que le soin de son éducation concerne, si je ne corrigeois pas mon fils de ses défauts avant qu'ils deviennent des vices. Il y a différentes routes pour la correction ; j'ai choifi celle-là. C'eft vous-même, Madame, qui avez ouvert cette voie, car fi vous ne lui aviez pas mis en tête d'être officier, de fa vie il n'y auroit fongé. —Vous voyez, Madame, que vos intentions font fuivies, & que votre plan s'exécute : vous voulez en faire un colonel, & déjà le voilà fufilier.

Mme DE SMERLON.

Mon filleul Guftave, fufilier !

M. DE RENALD.

Oui, Madame, votre filleul Guftave fufilier dans la compagnie du Major de Worms.

Mme DE SMERLON.

Enrôler fon propre fils ! cela eft abominable ; mais je faurai bien le dégager, demain matin je vais chez le Prince.

M. DE RENALD.

Ne vous en donnez pas la peine, le pouvoir de Son Alteffe ne commence qu'où l'autorité paternelle finit, & vous ne lui ferez pas violer des droits que la nature & les lois ont fanctifiés.

Mme DE SMERLON.

Nous verrons.

M. DE RENALD.

Cela eft tout vu, Madame, oui tout vu.

SCÈNE V.

Les précédens, FRÉDERIC, enfuite LE SELLIER.

FRÉDERIC.

Le maître Sellier !

M. DE RENALD *un peu étonné, bas au Colonel.*

N'eft-il pas payé ?

LE COLONEL *bas.*

Il l'eft, mais à condition de n'en rien dire.

M. DE RENALD.

J'entends... (*à Fréderic.*) Faites entrer cet honnête homme. (*Fréderic fort.*) Cela vous regarde, Madame.

LE COLONEL.

Allons, Madame, apprêtez vos grands airs, car celle-ci fera chaude à danfer, fauf votre refpect : fur-tout n'oubliez pas l'à-compte fur les fournitures, & le gros Juré, ha, ha, ha !

Mme DE SMERLON *dévorant fon dépit.*

Je fuis curieufe de voir comment un drôle de cette efpèce traitera une femme de mon rang.

M. DE RENALD.

Il vous traitera comme fa débitrice, & il en a le droit. Croyez-vous, Madame, que votre rang foit un mur, derrière lequel vous puiffiez impunément bleifer la juftice & les lois ? Non, Madame ; en

penfant ainfi , vous offenferiez la nobleffe. C'eft à
l'exercice des vertus & à l'obfervation des lois de
l'honneur & de la probité , que la nobleffe doit
fon vrai luftre & les prérogatives dont elle jouit ;
mais elle s'en dépouille elle - même , lorfqu'elle
s'abaiffe à des actions qui l'aviliffent & la dégradent.

Mᵐᵉ DE SMERLON.

Grand merci, Monfieur le Profeffeur.

LE SELLIER *entre.*

Sauf votre refpect , M. le Confeiller d'Etat , je
fais tout ce que je dois à votre hôtel ; mais j'ai
deux mots à dire à Madame que voici , fauf votre
refpect.

M. DE RENALD.

Oh ! tant qu'il vous plaira.

LE SELLIER.

Madame , fauf votre refpect, pouvez - vous me
payer ?

Mᵐᵉ DE SMERLON.

Vous êtes un homme d'une importunité fatigante ,
infoutenable ; pourquoi m'excédez - vous ainfi ? ne
vous ai - je pas affigné une audience pour demain ?
allons , voilà qui eft bien....

LE SELLIER.

Voilà qui eft mal , fauf votre refpect ; car je fais que
vous me payerez auffi peu demain qu'aujourd'hui ;
je fais que les fournitures dont vous me leurrez font
des billevefées ; je fais que vous avez été chez le
juif Abraham , & par toute la ville pour faire des

emprunts ; enfin, je fais que vous n'avez pas trouvé un écu, parce que vous n'avez pas pour un fol de crédit, fauf votre refpect.

Mᵐᵉ DE SMERLON.

Savez - vous que vous êtes un groffier, un infolent ?

LE SELLIER.

Moi, groffier ! ah ! je fuis la politeffe même, avec ceux qui me payent s'entend ; — Mais avec vous, fauf votre refpect, il n'y a pas de l'eau à boire. Avec quoi me payerez - vous ? je fors de votre hôtel, j'y ai trouvé une belle perfpective ; il eft vide comme votre bourfe, ou le diable m'emporte ; il n'y a plus ni chaifes, ni tables, ni lits : enfin tout votre mobilier confifte en quelques vieux tableaux troués, dans leurs bordures vermoulues ; il n'y a pas de frippier affez hardi pour en donner fix fols de la pièce ; pour moi, fauf votre refpect, je ne les troquerois pas contre mes vieilles croupières.

Mᵐᵉ DE SMERLON *au Colonel.*

Auriez - vous porté l'impertinence jufqu'à....

LE COLONEL.

Je n'ai rien porté, ma noble Dame ; mais j'ai fait emporter, fauf votre refpect, tout ce qui étoit à moi.

LE SELLIER.

Mon Avocat m'a dit que cet enlèvement de meubles rendoit Madame fufpecte de fuite.

M. DE RENALD *riant.*

Sufpecte de fuite : c'eft le mot. Ha, ha, ha !

LE SELLIER.

Peut-être que je rends mal ſes termes ; mais il veut dire par-là que Madame eſt en banqueroute frauduleuſe : qu'en pareil cas, la priſe de corps eſt de plein droit, & que je puis faire *Haro* ſur elle, en quelque lieu que je la trouve : en conſéquence j'ai amené quelques archers, qui auront l'honneur d'accompagner ſon Excellence à ſon hôtel, & de l'y ſervir juſqu'à ce que je ſois payé, ſauf ſon reſpect.

Mᵐᵉ DE RENALD.

Ma tante dans les mains des archers ! je ne ſaurois ſouffrir cette infamie, je ne ſaurois la permettre.

LE SELLIER.

Si Madame de Renald veut me faire la grâce de répondre pour Madame de Smerlon, je ferai ſur le champ retirer les archers, ſauf reſpect.

M. DE RENALD *au Sellier.*

Maître Leger, votre Avocat ne vous a ſûrement pas conſeillé d'accepter un pareil répondant : ſi vous l'aviez conſulté ſur cela, il vous auroit dit qu'une femme en puiſſance de mari ne peut valablement s'engager. (*à Madame de Smerlon.*) Eh bien Madame, il faut une réponſe bonne ou mauvaiſe à M. Leger.

Mᵐᵉ DE SMERLON *pleurant de rage.*

Qu'il revienne demain matin.

LE SELLIER.

Oh je n'y manquerai point, & demain auſſi ; Madame, les archers ſe retireront quand vous m'aurez payé, s'entend ; jufqu'à ce temps ils auront l'honneur d'efcorter votre Excellence & de la garder à vue, fauf votre refpect.

Mme DE RENALD *à fon mari.*

Je te prie, mon ami, je te conjure de congédier cet homme.

M. DE RENALD.

Maître Leger, puifque vous avez pris vos précautions, & que vos gens font là bas, vous pouvez vous retirer ; — Madame a des amis puiffans à la Cour, qui ne manqueront pas de lui procurer les moyens de vous fatisfaire demain, comme elle vous l'a promis.

LE SELLIER.

Je fuis fâché de vous avoir importuné fi tard & fi long-temps, M. le Confeiller ; mais que deviendroit un pauvre ouvrier comme moi, fi aujourd'hui Pierre, & demain Paul lui efcroquoient fon bien ? Meffieurs & Mefdames, j'ai l'honneur de vous fouhaiter une bonne nuit, fauf votre refpect. (*il fort.*)

SCÈNE VI.

M. DE RENALD, Mme DE RENALD, Mme DE SMERLON, LE COLONEL.

LE COLONEL.

EH bien, Madame ma fœur, vous voilà bien penfive ! Comme l'on fait fon lit, on fe couche.

Mme DE SMERLON.

Riez maintenant, vous n'en aurez pas toujours fujet, ceci vous coûtera cher, mon petit Monfieur.... Avant la fin du jour....

M. DE RENALD.

Ne nous faites pas payer pour les fautes d'autrui. Accablé que je fuis du poids de votre crédit à la Cour, ne me puniffez pas plus que je ne le mérite : ce n'eft pas affez d'être puiffant, il faut encore être jufte...... Là, dites-moi, eft-ce ma faute fi cet homme ne fait pas vivre ? Eft-ce ma faute s'il ne fe fie pas à vos promeffes de paiement, & s'il ne croit pas aux fournitures que vous devez lui procurer ?

Mme DE SMERLON.

Perfifflez, raillez à votre aife, j'en rirai moi-même avec vous ; ha, ha, ha ! Mais, je vous le répète, je ne me coucherai pas que je ne me fois vengée de la manière la plus éclatante.

LE COLONEL.

Que vous ne vous couchiez pas, j'en crois votre promeffe, attendu qu'il ne refte pas un matelas dans toute la maifon ; mais pour vos menaces....

Mme DE RENALD.

Mon très-cher ami, je vous conjure par notre amour, par la tendreffe que j'ai pour vous.....

M. DE RENALD.

Non, mon amie, trop eft trop ; il y a des bornes à tout, même aux devoirs de la parenté. Je crois, fans vanité, avoir fait pour mes alliés, plus qu'ils n'auroient dû raisonnablement attendre d'un proche parent ou d'un de leur meilleur ami. — Excusez, mon cher Colonel, si je parle de cela devant vous.

LE COLONEL *en l'embrassant.*

Oh, mon ami, vous avez fait mille fois plus pour nous, qu'un frère n'eût fait pour son frère.

SCÈNE VII.

Les précédens, FRÉDERIC, ensuite PHILIPPE.

FRÉDERIC.

VOILA Philippe qui arrive ventre à terre.

M. DE RENALD.

Il en est temps, je commençois à être inquiet, faites-le monter tout de suite.

FRÉDERIC.

Ma foi, le voici. (*à Philippe.*) Quel diable es-tu donc ? as-tu des aîles ?

PHILIPPE.

Voilà comme nous courons dans le service militaire.

M. DE RENALD.

Qu'apportes-tu ?

PHILIPPE.

D'abord ma personne :..... mon maître & ma nouvelle maîtresse m'ont envoyé à toute bride pour les annoncer, & me voici.

M. DE RENALD.

M. DE RENALD.

Ils te suivent donc ?

PHILIPPE.

Ils font à une portée de canon.

M. DE RENALD.

Eh bien, que s'est-il paffé ?

PHILIPPE.

Mille chofes plaifantes, Monfieur le Confeiller,
La chaife nous attendoit, attélée de quatre forts
bidets ; ma foi, nous n'avons pas ménagé les chevaux, auffi avons-nous gagné l'ennemi de vîteffe...
Defcendus à l'auberge, mon maître a diftribué les
poftes. Gafpard & moi nous marchions en avant, moi
à cinq cens pas en dehors de la barrière, & lui à cinq
cens en dedans. J'apperçus le premier les gardes
avancées de l'ennemi, mais comme mes ordres ne
portoient pas d'attaquer, je ne m'amufai point à
efcarmoucher avec eux, je me repliai fur mon
fecond & nous rejoignîmes le corps d'armée.

M. DE RENALD.

Point de préambule : au fait.

PHILIPPE.

Monfieur, une relation doit être détaillée, claire
& fidelle. L'ennemi vint à nous, nous n'étions pas
les plus forts ;.. mais Mademoifelle de Renald....

Mme DE RENALD.

Eh bien ?

O

PHILIPPE.

Mademoiselle de Renald étoit retranchée au premier étage, & attendoit l'ennemi à la fenêtre.

Mme DE RENALD.

Ce drôle-là a-t-il perdu l'esprit ?

M. DE RENALD.

Paix, ne l'interrompez pas.

PHILIPPE.

Moi, je fis ferme avec mes chevaux devant la grande porte de l'auberge..... L'ennemi s'approche & commence à reconnoître. A qui cette chaise, crie le Chambellan aussi-tôt qu'il peut discerner la prunelle de mes yeux ?

M. DE RENALD.

Le Prince en étoit-il ?

PHILIPPE.

Oui, vraiment ; il m'a demandé aussi à qui j'étois : je lui ai répondu fièrement, j'appartiens à mon maître. —Quel est ton maître ? — Demandez-le lui, il est à cette fenêtre. De ma vie je n'oublierai l'étonnement du Prince & du Chambellan, en voyant mon maître & Mademoiselle de Renald les fixer sans s'émouvoir, & nous autres en posture de défense !

Mme DE RENALD.

Je veux mourir, si je comprends un mot à tout ce bavardage.

M. DE RENALD.

Paix, de grâce, paix ! Eh bien, que firent-ils ?

PHILIPPE.

Ils défilèrent. Un inftant après, M. le Chambellan fut détaché pour fommer la garnifon : il defcendit de cheval, je mis pied à terre, & nous montâmes l'efcalier côtes à côtes. . . . . J'annonçai le Chambellan. . . Les premiers complimens furent courts & froids ; enfuite le Chambellan dit à mon maître : Monfieur, je fuis chargé de la part de Son Alteffe de vous demander ce que vous faites ici avec cette Demoifelle. Il lui paroît très-fufpeçt de vous trouver tous deux enfemble, efcortés de gens à cheval, & avec une voiture de pofte. . . . . M. le Chambellan, répondit mon maître, puifque Monfeigneur le demande, vous lui direz que je fuis venu me promener ici avec ma future.

Mᵐᵉ DE RENALD }
Mᵐᵉ DE SMERLON } *enfemble.*

La future de qui ? La future du Lieutenant ?

M. DE RENALD.

A propos, vous ne le favez pas : non, vous ne pouvez favoir encore que j'ai donné ma fille au lieutenant d'Altorff, il y a à peine une heure de cela.

Mᵐᵉ DE RENALD.

Wilhelmine ?

Mᵐᵉ DE SMERLON.

Au coufin Charles ?

LE COLONEL.

Bravo, j'en fuis enchanté.

M. DE RENALD.

J'efpère que vous, ma femme, le verrez auffi avec plaifir.... c'eft un bien brave garçon.

LE COLONEL.

Oui, fur mon ame;... il faut que je vous embraffe pour avoir fait la fortune d'un brave Officier.

M. DE RENALD à *Madame de Smerlon.*

Pour vous, Madame, il faut que je vous demande pardon d'avoir dérangé votre plan, en difpofant ainfi de l'appartement que vous aviez loué pour ma fille, chez cet honnête Employé, qui préfente à fes Juges des mémoires d'un fi grand poids. J'ai auffi des excufes à vous faire pour avoir envoyé ce donneur de mémoires, ce loueur d'appartemens, ce protégé de vos Excellences en prifon, fans votre agrément; & cela pour huit jours, au pain & à l'eau, fauf votre refpect.

Mme DE SMERLON.

Vous avez un génie familier qui vous inftruit de tout à point nommé....

M. DE RENALD.

Oh de tout, à moins que vous n'ayez quelque mine de réferve, quelque botte fecrette.

Mme DE RENALD.

Comment, vous avez donné Wilhelmine au petit coufin! Sérieufement?

M. DE RENALD.

Très-férieufement.

Mme DE RENALD.

Où eſt-elle donc? Je la croyois dans le jardin.

M. DE RENALD.

Non, elle eſt allé ſe promener avec mon gendre, comme Philippe vient de vous le dire.... Mais permettez qu'il achève ſon récit. (*à Philippe*) Continue...

PHILIPPE.

Le mot de future déconcerta furieuſement le Chambellan; il avoit l'air d'un canon démonté. — Oui, Monſieur, ma future, (dit mon maître au Chambellan;) c'eſt ce que j'ai à vous répondre pour Son Alteſſe. Mais ſi c'étoit vous qui m'interpellaſſiez, continua mon maître, ſi votre propre curioſité vous avoit porté à me faire cette queſtion, je vous conſeillerois de vous retirer à l'inſtant, ou je vous ouvrirois un chemin par la fenêtre. — Le Chambellan qui n'avoit peut-être pas appris à voltiger, voyant qu'il n'y avoit pas lieu à capitulation, battit la retraite, joignit le corps de réſerve pour prendre langue, & revint dire à mon maître que Son Alteſſe très-choquée de voir la fille d'un homme de conſidération attaché à ſon ſervice, avec un officier étranger, lui ordonnoit de ſe rendre ſur le champ à la ville.

M. DE RENALD.

Ils renvoyoient le lièvre au gîte, pour le courre dans un autre temps; mais tout beau, le gîte eſt changé.... Pourſuis : qu'a répondu ton maître?

PHILIPPE.

Il a répondu avec fermeté : — je ne croyois pas que la qualité d'officier, & d'officier étranger, fût un motif de suspicion : — je plains votre Prince, s'il a dans ses troupes des officiers qu'il puisse soupçonner d'actions malhonnêtes ; pour moi.....

M. DE RENALD.

Bien répondu, répondu en brave !

LE COLONEL.

Il n'entend pas raillerie sur le point d'honneur.

PHILIPPE.

Je retourne à la ville, ajouta mon maître, non par obéissance aux ordres du Prince ; car j'ai l'honneur de porter l'uniforme des États-Généraux, & non celui de Son Altesse ; mais je rentre, parce qu'il est tard, & que mon beau-père m'attend. Là-dessus il quitta le Chambellan, fit placer Mademoiselle votre fille dans la voiture, s'assit auprès d'elle, & nous prîmes la route de la ville ; à un signal convenu, j'ai donné des deux, & me voici : vous voyez l'avant-garde, le corps d'armée la suit de près.

M. DE RENALD.

Tu es un plaisant drôle, tu as donc fait quelque campagne ?

PHILIPPE.

Je suis né dans un camp, M. le Conseiller ; j'ai fait ma première campagne sur le dos de ma mère ; mon père étoit caporal dans la compagnie de feu M. le Lieutenant-Colonel d'Altorff ; ce brave homme fut mon premier maître; il m'aimoit beaucoup, je le lui rendois bien. — Ne le trouvez pas mauvais, il faut que je pleure chaque fois que je songe à lui. — L'aumônier du régiment m'avoit pris aussi en amitié : si je ne suis pas savant, ce n'est pas sa faute, car il m'a enseigné tout ce qu'il savoit. Cela m'a servi par la suite; car feu mon maître m'a institué en mourant gouverneur, valet de chambre, & palefrenier de son fils, aujourd'hui votre gendre.

M. DE RENALD.

Tu es un bon & brave garçon, comme ton jeune maître.

LE COLONEL.

Oui, oui, je les ai vus tous deux à la besogne, dans la dernière guerre.

PHILIPPE.

N'est-il pas vrai, mon Colonel, que nous nous sommes conduits en gens d'honneur ? Dès sa treizième année, mon maître s'est trouvé à la bataille de .... de .... il y faisoit chaud. Il alla au feu comme un prussien. Je n'étois jamais loin de lui, quoique j'eusse pu rester près des bagages.

M. DE RENALD.

J'ai préparé de bons quartiers d'hiver à ton maître.

PHILIPPE.

Vous avez bien fait; & vous pouvez vous flatter, M. le Conseiller, d'avoir en lui un gendre qui vous fera honneur.

M. DE RENALD.

Je veux aussi te faire un sort.

PHILIPPE.

C'est l'affaire de mon maître, avec qui je veux vivre & mourir, je ne le quitterai jamais.

SCÈNE VIII.

Les précédens, FRÉDERIC, LOUISE, ensuite LE LIEUTENANT, WILHELMINE, & peu après LE CHAMBELLAN.

FRÉDERIC
LOUISE } *se précipitent ensemble dans la salle.*

LES voici! les voici!

M. DE RENALD.

Qui, qui donc?

FRÉDERIC
LOUISE } *ensemble.*

La Freule & M. le Lieutenant.

LE LIEUTENANT
WILHELMINE } *se précipitant vers M. de Renald.*

Oh mon père!

M. DE RENALD *les embrasse.*

Mes enfans, (*appercevant le Chambellan.*) que vous plaît-il, M. le Chambellan.

LE CHAMBELLAN.

J'ai suivi la voiture de votre fille par ordre du Prince,

M. DE RENALD.

C'est beaucoup d'honneur pour mes enfans.

LE CHAMBELLAN.

Son Altesse présumoit......

M. DE RENALD,

Je sais , M. le Chambellan , tout ce que vous avez voulu faire présumer à Son Altesse. Voici , Monsieur , un billet de mon fils pour vous, il vous parvient un peu tard , parce qu'il a été intercepté en route. (*il lui donne le billet.*) Je suis désolé que cet accident vous ait fait faire une promenade inutile, & que vos plaisirs se soient bornés à une entrevue.

LE CHAMBELLAN *lit & se trouble autant qu'un courtisan peut se troubler.*

Si vous vouliez vous expliquer plus clairement, on pourroit vous comprendre.

M. DE RENALD.

Vos arrangemens étoient supérieurement bien pris, n'est-ce pas, M. le Chambellan ? La bonne petite Wilhelmine vous aimoit si tendrement ! désiroit si fort de vous épouser ! ce méchant , cet entêté de père qui ne le vouloit pas , il falloit bien l'y faire consentir d'une autre manière. — En conséquence on complotte avec le frère ; — c'est un vaurien , un étourdi ; il mènera sa sœur à la campagne. On s'assure d'un appartement chez l'Employé ; ce scélérat prêtera fa maifon pour enfermer la fille, & fe chargera de tendre le piège de fa féduction au père, qui eft fon juge...... *Bravo*, Monfieur le Chambellan, *bravo*. — Mais quoi! vous courtifan! vous favori d'un prince, vous rougiffez!

LE CHAMBELLAN *fe tourne leflement vers Madame de Smerlon.*

Comment vous portez-vous, Madame?

M. DE RENALD.

Pas mieux que vous, M. le Chambellan..... Comment, il faut fi peu pour vous démonter! vous n'avez pas de meilleure échappée qu'un miférable *comment vous portez-vous!* — C'eft de cela, fans doute, que vous rougiffez.

LE CHAMBELLAN.

M. le Confeiller, point de plaifanteries.

M. DE RENALD.

Vous pouvez les éviter dans la minute, en me faifant la grâce de fortir de chez moi: de chez moi, vous dis-je, que vous vouliez déshonorer. — Quant à Madame, dont la fanté vous inquiète,... il y a long-temps qu'elle eût quitté ce fauteuil, & cette attitude forcée, qui lui fert de contenance; mais telle que vous la voyez, elle eft clouée dans cette maifon & elle m'honore, malgré elle, de fa haute préfence; parce que deux mauvais efprits, en habits d'archers, l'attendent au pied de mon efcalier.

LE CHAMBELLAN.

Des archers attendent....

M. DE RENALD.

Madame de Smerlon. Il y a, de par le monde, un certain faquin de Sellier, qui eſt aſſez impertinent pour exiger l'argent qu'on lui doit, & qui ſait aſſez peu vivre pour faire arrêter madame ma très-honorée tante..... Ces gens du peuple ne ſavent pas vivre, c'eſt abominable.

Mme DE SMERLON *ſe lève avec impatience.*

Chambellan, n'auriez-vous pas deux cens louis d'or ſur vous ?

LE CHAMBELLAN *la tirant à part.*

Pas un ſeul, j'ai tout perdu hier dans ce mal-heureux *Reverſino*, je ne ſais où en trouver, & j'allois vous en demander moi-même.

Mme DE SMERLON.

Coup fatal !

M. DE RENALD.

Oh ! oui, M. le Chambellan ; vous jouez de malheur ! Voilà bien des échecs dans le même jour, car vous le ſavez, mon fils eſt fantaſſin effectif dans le louable régiment de Bandt, il ſe prépare de bonne heure au maniement des armes, & je veux qu'il ſoit digne du drapeau que votre haute protection lui a procuré. Votre Employé vit de régime à la Conciergerie, juſqu'à ce qu'il ait écono-miſé, par cette utile diète, ſes cent ducats confiſqués au profit des orphelins. Vous voyez le triſte état de la très-haute & très-puiſſante Dame, Madame de Smerlon. Pour vous, Monſieur, vous n'êtes pas trop content de votre promenade, & vous faites ici un pauvre perfonnage ; vous efcortez ces jeunes époux , & pourquoi ? pour être témoin de leur union. (*en préfentant fa fille & le Lieutenant à Madame de Renald.*) Allons , mes enfans , embraffez votre mère.

LE LIEUTENANT *}embraffent M.me de Renald.*
WILHELMINE

Votre bénédiction, chère maman.

M.me DE SMERLON *} s'entretiennent vivement*
LE CHAMBELLAN *} au fond de la fcène.*

M.me DE RENALD.

Petit coufin, —— & vous Wilhelmine, vous m'avez trompé tous deux, ... je ne vous en croyois pas capables ; . . mais c'en eft fait , mon mari l'a décidé ; foyez heureux , mes enfans. Pour moi , je le ferois complettement , fi. . . .

M. DE RENALD, *avec feu.*

Si quoi ? . . . .

M.me DE RENALD.

Si ma prière pouvoit quelque chofe fur vous , mon ami.

M. DE RENALD.

Non , je fuis inflexible , ne troublez pas ma joie. (*à fa fille*) Embraffez votre oncle.

WILHELMINE.

Vous auffi , mon cher oncle, donnez-moi votre bénédiction.

LE COLONEL *la lève de terre & l'embraffe.*

Viens , charmante créature ! je t'ai toujours aimée

comme mon propre enfant. (*il l'embrasse encore.*) Point de jalousie, M. le Lieutenant, il n'y a plus de risque avec moi.

LE LIEUTENANT.

Monsieur le Colonel, les gens d'honneur savent respecter celui des autres.

LE COLONEL.

Viens, mon brave garçon, (*il l'approche de son cœur.*) je t'ai toujours estimé ; mais, aussi peu fortuné que ton père, je ne pouvois rien pour toi,... à présent te voilà bien récompensé.

LE LIEUTENANT.

Oui, je le suis par-delà mon espoir. O mon père ! O Wilhelmine !

M. DE RENALD.

Mes enfans, l'état du mariage n'est pas toujours heureux, mais un seul moment comme celui-ci efface bien des peines.

SCÈNE IX.

Les précédens, LE MAJOR, LE CONSEILLER CONSISTORIAL.

LE MAJOR.

Oh ! oh ! voici grande compagnie, & vous me laissez là-bas, tout seul, finir mon piquet avec le clergé.

LE CONSEILLER CONSISTORIAL.

Je n'oublierai pas le dernier repic.

LE MAJOR.

Eh bien ! mille firmamens, étoit-il bien appliqué celui-là ?

LE CONSEILLER CONSISTORIAL.

Et toujours quatorze de dames.

LE MAJOR.

Oui morbleu, j'ai toujours eu du bonheur avec les Dames, ma femme exceptée.

M. DE RENALD.

Vous êtes de bonne humeur, j'en suis enchanté ; j'ai mille excuses à vous faire de vous avoir laissé seuls si long-temps.

LE MAJOR.

Cela ne fait rien, vous avez des affaires.

M. DE RENALD.

Je viens d'en finir une bien agréable ; j'ai rendu ma Wilhelmine heureuse, je la marie au cousin d'Altorff.

LE MAJOR.

Bravo, mon cher camarade, cela fera une belle race. (*au Lieutenant*) Mais permettez-moi de vous dire une chose. Si vous voulez faire votre chemin, quittez le service d'Hollande, on n'y peut faire main-basse que sur des fromages.

LE LIEUTENANT.

J'y songerai, Monsieur le Major ; mais ce qui est l'effet d'une conduite aussi sage que politique, ne doit point vous paroître un objet de mépris. — Du moins, tant que je porterai cet habit, je ne souffrirai point.....

LE MAJOR.

Bien, bien, mon ami, il faut chanter les louanges de ceux qui nous nourrissent ; c'est bien pensé, ou le diable m'emporte........ Je vous demande votre amitié.

LE LIEUTENANT.

Vous me faites beaucoup d'honneur.

LE CONSEILLER CONSISTORIAL.

Voilà ce que j'aime, la paix, la paix. — Ah le charmant couple !

LE MAJOR.

Ma foi, c'est vous qui les marierez.

LE CONSEILLER CONSISTORIAL.

Vous voulez donc toujours m'interrompre..... Je souhaite bonheur & bénédiction à ce couple aimable.

LE MAJOR.

Des enfans bien portans, & cætera : abrégeons.

LE CONSEILLER CONSISTORIAL.

Il n'y a pas moyen d'y tenir. — Vous êtes insupportable.

M. DE RENALD.

Mes amis, mes enfans, il se fait tard. — Comment va le souper, ma chère amie ?

Mme DE RENALD.

On fervira, mon ami, quand tu voudras.

M. DE RENALD.

En vérité. — J'ai appris avec grand plaisir que tu ayes pris la peine de faire un tour à la cuisine, *bravo*, ma femme, *bravo*, — cela ne déshonore aucune femme. — Madame, & vous Monsieur le Chambellan, vous n'êtes pas de cet avis, moi je ne suis du vôtre en rien, ainsi dispensons-nous....

Mme DE RENALD.

Ma fille ! — Parle donc à ton père.

WILHELMINE.

Mon père !

M. DE RENALD.

Va caufer avec ton Charles, & laiffe-moi faire.... M. le Colonel (*il lui demande quelque chose tout bas.*)

LE COLONEL.

Oui, je l'ai fur moi (*il lui donne un papier.*)

M. DE RENALD.

Je vais, Madame, vous délivrer des angoiffes de la pourfuite judiciaire ; voici la quittance du Sellier ; ce n'eft point au Général, c'eft à vous, Madame, que je fais ce préfent ; mais foi d'homme d'honneur, c'eft le dernier. Difpenfons-nous de nous voir davantage, je fuis las du trouble & des défordres que vous avez caufés dans ma famille, & vous devez être tout auffi peu contente du fuccès de vos plans de réforme.

Mme

Mme DE SMERLON *lui arrache la quittance des mains.*

Je me moque à préfent des archers, de vous,
& de votre famille. (*elle fort vîte.*)

LE COLONEL.

N'oubliez pas le pain bis & l'honneur.

Mme DE SMERLON.

Je te méprife trop pour t'honorer de ma colère.
Pain bis & honneur vaut mieux pour moi que la
cuifine d'un plat bourgeois.

M. DE RENALD *avec une révérence.*

Ce plat bourgeois fe paffera de Vos Grâces, &
n'en mettra pour cela ni plus ni moins que fix
plats. (*Madame de Smerlon fort.*)

SCÈNE X.

Les précédens, LE CONSEILLER PRIVÉ.

LE CONSEILLER PRIVÉ.

OUF, — peu s'en eft fallu que Madame de
Smerlon ne m'ait renverfé. (*il s'affied*) Avec votre
permiffion. Cette maudite Goutte, — & ces efcaliers
de la Cour. Ah, ah! M. le Chambellan ici! tant
mieux. Le Prince vient de me charger d'une affaire
qui le regarde.

M. DE RENALD.

Je fuis enchanté que vous veniez augmenter notre
petite fociété; je commençois à en défefpérer pour
aujourd'hui.

LE CONSEILLER PRIVÉ.

Quand il auroit fallu attendre jufqu'à minuit, je
n'aurois pas quitté la place. — Je le guettois à
l'entrée de fon cabinet.

P

M. DE RENALD.

Qui guettiez-vous ?

LE CONSEILLER PRIVÉ.

Vous favez d'où je viens : — notre entretien a été court & férieux ; — tenez, lifez, en voici le réfultat : lifez, lifez, c'eft de la main du Prince , il n'y a pas de *Griffe* là-deffous. (*il lui donne un papier.*)

M. DE RENALD.

De la propre main du Prince ?

LE CONSEILLER PRIVÉ.

Oui, oui, de fa propre main , il y a long-temps qu'il n'en a tant fait ; le Chambellan étoit chargé de la correfpondance intime ; mais déformais..... Allons , lifez donc.

M. DE RENALD.

Son Alteffe m'ordonne-t-elle quelque chofe ?

LE CONSEILLER PRIVÉ.

Lifez, vous dis-je , mon ami , & lifez haut.

M. DE RENALD *décachète & remet le papier au Lieutenant.*

Lifez, mon fils , j'ai fait le vœu de ne plus rien lire de ce qui vient de la Cour.

LE CONSEILLER PRIVÉ.

Il faudra le rompre.

LE LIEUTENANT *lit.*

„ Mon digne Confeiller-privé m'a ouvert les
„ yeux fur différentes chofes qui m'ont été pré-
„ fentées fous un faux jour ; c'eft un malheur pour
„ les Princes , que ceux en qui ils mettent leur

» confiance intime en abufent pour commettre des
» injuſtices ; mais c'eſt un bonheur pour eux de
» pouvoir les réparer ;

M. DE RENALD.

Ils ne le peuvent pas toujours.

LE MAJOR.

Non, parbleu. Quand ils ont fait fauter des têtes,
je veux que le diable m'emporte s'ils ont le pouvoir de les remettre.

LE LIEUTENANT.

» je me hâte de le faire à votre égard. Je ſuis
» indigné des piéges qui vous ont été tendus par vos
» propres parens & par le Chambellan Wilſdorff.
» Je ſuis fur-tout révolté de la baſſeſſe dont ce
» dernier s'eſt rendu coupable ce jour même.
» Continuez de ſervir l'Etat & moi ; je vous fais
» mon Conſeiller-privé.

LE MAJOR.

Bravo, Monſeigneur, *bravo*. Je vous fais mon
compliment, Monſieur le Conſeiller-privé.

LE CONSEILLER CONSISTORIAL.

De tout mon cœur.

LE MAJOR.

Il faut que vous obéiſſiez, ou le diable m'emporte ; il faut que vous reſtiez : quand un Prince
reconnoît ſes torts, qu'il en convient & les répare,
il fait oublier qu'il en a eu.

M. DE RENALD.

Continuez.

P 2

LE LIEUTENANT.

„ J'admire à préfent ce courage & ce zèle, que
„ je blâmois comme défobéiffance, & je vous
„ remercie de vous être oppofé à ma volonté,
„ par amour pour la juftice. Quant au Wilfdorff,

LE MAJOR.

Oh, oh ! il a fupprimé le titre de Chambellan.

LE LIEUTENANT.

„ vous pouvez lui fignifier de ne plus fe montrer à la
„ Cour, ni de s'avifer de quitter la ville fans per-
„ miffion ; j'ai plufieurs raifons très-graves pour lui
„ faire faire fon procès. Je fuis votre affectionné,
Signé, CHARLES AUGUSTE. „

M. DE RENALD *prend la lettre.*

Monfieur de Wilfdorff, vous connoiffez la fignature du Prince.

LE MAJOR *fe mettant à côté de lui.*

Ma foi, mon cher, je vous plains de ne favoir
d'autre métier que celui de courtifan ; heureufement
vous êtes de taille.

LE CHAMBELLAN.

Cet arrêt n'eft pas fans appel ; ce que Monfieur
a fait, on peut le défaire, car c'eft de lui ce beau
chef-d'œuvre !

LE CONSEILLER PRIVÉ.

Oui, de moi, & je me félicite d'avoir encore
une fois, avant de mourir, remis mon Prince dans
le chemin de la juftice, de lui avoir confervé un
homme utile, & de l'avoir délivré d'un homme
dangereux.

LE CONSEILLER CONSISTORIAL.

Vous avez creufé la foffe pour un autre, & vous y êtes tombé.

LE CHAMBELLAN.

Je n'y fuis pas encore.

LE COLONEL.

Vous ne tarderez pas beaucoup à y faire le faut.

LE CHAMBELLAN.

Vous ne brillez pas dans le choix de vos termes.

LE COLONEL.

Ils ne font ni auffi doux, ni auffi merveilleux que les vôtres, Monfieur Wilfdorff tout court.

LE CHAMBELLAN.

Votre ferviteur, Meffieurs, jufqu'au revoir aux mauvais plaifans. (*il fort.*)

SCÈNE XI.

M. DE RENALD, Mme DE RENALD, LE LIEUTENANT, WILHELMINE, LE COLONEL, LE MAJOR, LE CONSEILLER CONSISTORIAL, LE CONSEILLER PRIVÉ, FRÉDÉRIC, LOUISE, PHILIPPE.

LE MAJOR.

Ce n'eft qu'un fanfaron. Je n'ai jamais pu fupporter ce faquin ; il empoifonnoit la place d'armes de fes odeurs, lorfqu'il venoit à la parade avec le Prince.

LE CONSEILLER PRIVÉ.

Maintenant, mon cher Collègue, réjouiſſons-nous, en attendant le travail ; tel eſt notre ſort. A la vérité, notre état eſt pénible, mais il a ſes plaiſirs ; en eſt-il qui puiſſe ſurpaſſer celui d'être utile à ſon Prince & à ſa patrie ?

M. DE RENALD.

Je me rends, mon ami, j'eus toujours pour principe, que quiconque peut remplir ſon poſte avec honneur, ne doit point le quitter.

LE CONSEILLER PRIVÉ.

Il vaut mieux vieillir dans les travaux de ſon état que dans l'oiſiveté ; & croyez-moi, mes douleurs mêmes ſont ſoulagées, (ſe frottant les jambes.) lorſque je penſe que ma goutte ne provient, ni de la pareſſe, ni de l'uſage des vins ſins, mais de ma conſtante application au travail.

M. DE RENALD.

Bon & digne ami, recevez mes ſinçérés remercîmens.

LE CONSEILLER PRIVÉ.

Aucuns, aucuns ; ſi tous les princes écoutoient auſſi facilement, & profitoient auſſi utilement de ce qu'on leur dit, que l'a fait notre très-gracieux Souverain, combien les peuples ſeroient heureux !

LE MAJOR.

Voilà une grande vérité, ſur mon ame. Allons gais maintenant. Voyez donc ce couple amoureux ; ils ſe mangent des yeux. Patience, mon Chevalier, vous battrez de l'aîle plutôt que vous ne le penſez. Hûm.

LE CONSEILLER PRIVÉ.

De quel couple parlez-vous?

M. DE RENALD.

De ma fille Wilhelmine & de ce jeune Lieutenant.

LE CONSEILLER PRIVÉ.

Ah, ah, mon Chevalier, vous êtes bien jeune, & de plus militaire, je ne me fie pas volontiers à ces Meſſieurs; mais puiſque M. de Renald vous a choiſi pour ſon gendre, il faut que vous ſoyez un très-galant homme.

M. DE RENALD.

Vous y pouvez compter.

LE CONSEILLER PRIVÉ.

Je vous en fais mon compliment du meilleur de mon cœur.

M. DE RENALD.

Mille remercîmens. — A préſent allons ſouper. Mes ſix plats nous attendent. Je n'eſpérois pas que cette cruelle journée fût ſuivie d'une ſoirée auſſi agréable.

LE MAJOR.

Faites donner les grands gobelets, mon ami, car il faut aujourd'hui boire à raſades.

SCÈNE XII & dernière.

FRÉDERIC, LOUISE, PHILIPPE.

FRÉDERIC.

A ton tour, Louise. Eh bien, qu'en dirons-nous? nous voilà deux sur les rangs.

LOUISE.

Je vous conseille de me jouer à pair ou non.

FRÉDERIC.

Veux-tu partager?

PHILIPPE.

Fi donc, mon camarade. Cela est quelquefois d'usage en campagne, jamais en garnison.

LOUISE à Philippe.

Je suis à toi toute entière.

PHILIPPE.

Je me doutois bien que la bombe prendroit feu sous ma mêche.

FRÉDERIC.

Voilà ces maudits étrangers qui viennent toujours nous enlever les meilleurs fruits du climat.

Fin du cinquième & dernier acte.

APPROBATION.

J'ai lu, par ordre de Monseigneur le Garde des Sceaux, une Comédie traduite de l'Allemand, intitulée : *Pas plus de six plats*, & n'y ai rien trouvé qui doive en empêcher l'impression. A Versailles ce 14 Juillet 1781.

Signé, GUIDI.